행복한 삶을 만드는

사랑과 긍정 에너지

행복한 삶을 만드는

사랑과
긍정
에너지

초판 1쇄 발행 2017년 12월 16일

지 은 이 허남국·함성숙
발 행 인 권선복
편   집 권보송
디 자 인 김소영
전 자 책 천훈민
마 케 팅 권보송
발 행 처 도서출판 행복에너지
출판등록 제315-2011-000035호
주   소 (157-010) 서울특별시 강서구 화곡로 232
전   화 0505-613-6133
팩   스 0303-0799-1560
홈페이지 www.happybook.or.kr
이 메 일 ksbdata@daum.net

값 15,000원

ISBN 979-11-5602-553-5   (03810)

Copyright ⓒ 허남국·함성숙, 2017

참고도서 『고도원의 아침편지(1~3)』 고도원 저/청아출판사(2002)
        『하는 일마다 잘 되리라 – 무지개원리』 차동엽 저/위지 앤 비즈(2006)
        『내 인생의 감성을 흔드는 긍정의 습관』 이선종 저/아이템북스(2012)
        『성공하는 사람들의 행동습관』 데일 카네기 저/김병민 역/해피앤북스(2010)
        『자신만만 세계여행 – 중국』 이순영 엮음/삼성출판사(2001)

도서출판 행복에너지는 독자 여러분의 아이디어와 원고 투고를 기다립니다. 책으로 만들기를 원하는 콘텐츠가 있으신 분은 이메일이나 홈페이지를 통해 간단한 기획서와 기획의도, 연락처 등을 보내주십시오. 도서출판 행복에너지의 문은 언제나 활짝 열려 있습니다.

행복한 삶을 만드는

사랑과
긍정
에너지

허남국 · 함성숙 지음

도서
출판 행복에너지

"삶의 고통 속에서도
감사와 행복을 찾는 당신께 드리는 책"

행복은 조그만 것에 스스로 감사하며 과거나 미래가 아닌 바로 지금 있는 여기 이 자리에서 긍정적으로 사랑하며 만들어 가는 것입니다. 감사하는 사람은 내면에 생기를 불러일으켜 날마다 만족스러운 새날을 살아갈 수 있으며 늘 행복합니다.

모든 사람은 행복을 원합니다. 그러나 인생은 늘 행복하게만 살수가 없는 것이 현실입니다. 때로는 고통이 닥쳐와 행복한 인생 여정을 잠식하거나 아예 파괴해 버릴 때도 있습니다. 하지만 내게 다가오는 행복을 소중히 여기며 긍정과 사랑으로 고통 속에서도 작은 감사를 찾아낼 수 있다면, 그리고 절망의 시기에도 희망과 꿈을 안고 무지갯빛 인생을 살아내려 최선을 다한다면 진정 행복한 삶을 살 수 있습니다.

고등학교 졸업 넉 달 후 곧바로 공직의 길을 선택하고 봉사하니 어느새 43년이 되었습니다. 젊은 시절을 모두 보내고 환갑 나이에 퇴직하여 빛나는 인생 3막이 시작되길 기대했으나 행복은 그렇게 쉽게 와 주지 않았습니다. 공직 말경부터 조금씩 아프기 시작한 아내가 난치성 뇌병변질환 판정을 받자 하늘이 무너지는 것과도 같았습니다. 하루하루 행동이 느려지며 병이 더 깊어지는 것을 막을 길이 없는 상태에서 그래도 한 가닥의 기적을 바라는 마음으로 모든 것을 접고 퇴직 후 바로 간병에 매달리기로 결심하였습니다.

수천 번의 생을 반복한다 해도 다시 만날 수 없는 하늘의 인연이자 사랑스런 영원한 짝, 아내의 간병을 하면서 세월이 더하기를 할수록 삶은 자꾸 빼기를 하고 13년의 세월 동안 사랑할 시간이 점점 곶감 꼬치의 감을 빼 먹듯 줄어드는 아쉬움만이 가득했습니다.

퇴직 후 10년, 여느 사람들은 인생의 골든타임이라고도 합니다. 하지만 영원한 동반자를 간병하면서 더불어 어머님 노년치매와 딸 항암치료까지 맞닥뜨린 퇴직 후 삶은 정말 어렵고 힘든 고통이었습니다. 그렇지만 내 인생이 다 닳아 없어질 때까지 있는 힘 다해 밤낮으로 가족 건강을 되돌려 보려고 노력하였으며 아내가 오늘 하루를 사는 데 힘이 되었으면 하는 간절한 소망으로 풍광 좋은 시골 귀하디귀한 자리에 버려진 무논을 구입하여 아내를 돌보며 열정을 다했습니다.

그러나 지난 1월 아내는 투병 13년 고통의 아픔을 끝내고 삶을 마감했고 나는 44년간 한 몸이던 아내를 보내야 하는 절망을 맞아야 했습니다. 3년 동안 몸이 굳어 눈도 뜨지 못하고 말도 못 해 고통스런 표정도 지어보지 못한 채 흰 국화 뒤 영정에 숨어 홀연히 떠나가 버린 것입니다. 사랑하던 아이들에게도 말 한마디 못 한 채

한 몸이던 남편에게 눈길 한번 주지 못하고 애지중지하던 물건과 손톱 발톱이 다 닳도록 이룬 모든 것을 다 놓고 말입니다.

그래도 역경 앞에 무릎 꿇지 않고, 운명 앞에 굴하지 않으면 나의 꿈을 성공으로 이끌어 행복한 인생을 만들 수 있을 것이라는 희망을 품고 농장 일을 다시 시작하며 마음을 다잡기 시작했습니다. 정성 없이는 이룰 수 없는 기적에 가까운 청록원에서의 이런 저런 경험과 농사일이 아내를 잃는 절망 속에서도 큰 힘이 되었습니다.

무슨 일이 있어도 실망하지 말고 "문제없어"를 외치며 살아갑시다. 아무리 곤경에 처해도 당황하지 말고요. 사방이 다 막혀도 위쪽은 언제나 뚫려 있기에 하늘을 바라보면 희망이 생깁니다. 고통 속에서도 기적을 바라보며 "잘될 것이다."라고 믿는 사람에게는 기적이 일어납니다. 오늘 하루를 선물 받은 것처럼 최선 다해 사랑하고 행복한 일 만들어 감사한 마음으로 즐길 줄 알면 그것이 곧 행복한 인생 아닐까요?

꽃나무는 추운 겨울을 견디고서야 비로소 꽃을 피웁니다. 꽃에 대한 사랑으로 나무는 혹독한 겨울 찬 바람을 이겨냅니다. 매사를 긍정적 생각으로 사랑하며 몸과 마음을 늘 바쁘게 움직이는 사람이 더 오래 건강하게 삽니다.

세월이 흘러 나이 드는 것은 막을 길이 없더라도 마음만은 더 젊게 생각하고 생동감 있는 행동으로 실천하며 한 번뿐인 인생을 꿈꾼 대로, 아름다운 삶으로 만들려 노력할 때 행복할 수 있습니다.

오랜 세월 쓰고 지우며 또 쓴 나의 글과 지금은 떠나고 없는 아내가 30여 년 전 386컴퓨터로 동갑내기 말방카페에 썼던 글을 원안에 가깝게 책으로 함께 엮을 수 있었다는 것이 얼마나 고무적인지 모릅니다. 우리 두 사람의 글이 한 권의 책으로 만들어지기까지는 투병 속 고통을 이겨내다 너무 빨리 떠나기는 했으나 결혼하는 그날부터 지금까지 나를 있게 만들고 헌신한 아내 함성숙 여사와 딸 민영, 아들 호영의 힘이 컸으며 글 쓰는 나를 바라보며 즐겁게 열공하고 성장하는 손자 손녀들의 힘이 있었습니다. 어렵고 힘든 고통 속 바쁜 일과 시간에 쫓기면서도 글을 쓸 수 있도록 기회 있을 때마다 지원해 준 며느리 정혜원과 사위 김영수에게 고마움을 표하며 옆에서 늘 아낌없는 조언과 격려를 보내준 동생 허필주와 배상숙 요양사님께 감사의 마음을 전합니다.

　　사랑은 말합니다. "용기 잃지 말고 긍정적으로 살라고"
　　사랑과 긍정으로 평생을 같이하다 떠나간 영원한 동반자 아내 함성숙이 이 책을 읽을 수 있다면 참 좋겠습니다.

2017년 깊어가는 겨울

자연애(自然愛) **허남국**

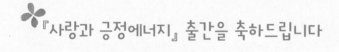

『사랑과 긍정에너지』 출간을 축하드립니다

– 딸 허민영

사랑합니다. 감사합니다.

엄마!

글 한 줄 쓰기가 머뭇거려져서 한동안을 머뭇거렸습니다.

아직까지 생각만 해도 눈물이 왈칵 쏟아지고 목이 메어 옵니다.

난치성 지병으로 힘든 엄마를 보면서도 엄마가 그렇게라도 좀 더 오래 같이 있었음 하고 바랐습니다. 아니 욕심냈습니다. 지금도 함께라면 얼마나 좋을까 원해 봅니다.

아이를 낳아 길러 보니 문득문득 아! 엄마가 이래서 그랬구나 하는 순간들이 있습니다. 울타리가 되어주기도 하시고 친구가 되어

주시기도 하시고 또한 지금의 저처럼 다 알지 못하겠더라도 엄마라는 이름으로 다 알아야만 하는 그런 순간들도 있으셨겠구나 이해되기도 합니다. 엄마와 함께했던 시간은 따뜻했고 지금의 시간은 엄마가 안 계셔서 슬프고 아쉽지만 엄마가 남겨주신 기억으로 행복합니다.

아빠가 쓰신 책을 넘기면서 엄마와 함께하는 기분이 듭니다. 엄마가 아프시기 전의 글은 함께 미소 지어 주시고 엄마가 아프신 이후의 글은 이 글을 읽으시는 모든 분들에게 용기와 힘이 되었으면 합니다.

엄마!
함께했던 소중한 시간들
베풀어주신 크나큰 사랑
이끌어주신 삶의 지혜
하나하나 간직하고 기억하고 또한 나누겠습니다.
감사해
사랑해

아빠, 많이 힘드셨을 텐데 그 와중에도 이렇게 글을 써주셔서 마음 가득 슬퍼하고 또한 행복할 수 있는 기회를 주셔서 감사합니다.
건강하세요.
그리고 사랑합니다.

『사랑과 긍정에너지』책 출간을 축하하며

- 사위 김영수

이 책은 아버님의 지난 삶의 세월이 고스란히 진솔한 언어로 쓰인 책입니다. 아버님과 제가 처음 만난 지 올해로 만 20년이 되었습니다. 그동안 참 많은 일들이 일어났습니다. 이 책을 읽으면서 그동안의 일들이 주마간산처럼 제 뇌리에 차례로 떠올랐습니다. 맨 처음 퇴계동 집에 들어설 때의 장면, 돌아가신 할아버지, 할머니의 모습, 그리고 얼마 전 하늘나라로 가신 어머님 등등. 그동안의 일들을 어찌 한 권의 책과 글, 사진으로 모두 이야기할 수 있을까요. 그리고 그 사이에 있었던 감정과 느낌은 더 많고요. 그러나 아버님의 이 책은 그동안의 일들을 다시 생각해 내고, 그 사이에 있었던 감정과 느낌을 다시 살아나게 해주는 단초 역할을 하기에 충분합니다.

지난 시간과 시절이 책에서도 언급되었듯이 늘 행복한 시간들로만 채워져 있지는 않습니다. 때로는 고통스럽고, 때로는 잊어버리고 싶기도 한 순간이 있었으며, 때로는 아쉬움과 미련이 남는 순간이 있었습니다. 그러나 그 모든 순간이 이제 기억과 추억으로 자리 잡아 가고 있습니다.

삶을 살아가면서 제일 소중한 일은 만남이라고 생각합니다. 부모님과의 만남, 아내와 새로운 부모님과의 만남 등등. 공기처럼 없으면 절대 살 수 없지만, 늘 옆에 있어 당연하다고 생각하는 것처럼 이런 만남이 그와 같습니다. 정말 소중하고 귀한 인연들입니다.

어찌 보면 우리 삶은 그 매 순간이 이런 만남에서 일어나는 하나의 이야기라고 생각됩니다. 그렇기에 매 순간순간이 소중하고 귀한 날들이라고 생각합니다. 아버님의 글은 바로 이 점을 우리에게 글 한 줄 한 줄에서 생생하게 들려주고 있다고 생각합니다. 그동안 어머님 간병으로 많이 힘드셨을 텐데 그 가운데서도 이렇게 글을 쓰시고 생각을 정리하셨다니 정말 대단한 일이라 생각됩니다.

책 중간에 어머님이 말방 카페에 남기신 글을 읽었을 때는 정말 눈물이 났습니다. 어머님과 함께했던 그 순간순간들이 눈앞에 선하게 그려집니다. 이제 다시 뵐 수 없다는 사실이 더욱 마음을 아프게 합니다. 예전 퇴계동 집에서 먹었던 어머님의 맛있는 저녁식사가 아직도 눈에 선합니다. 이렇게 더운 여름날이면 열무김치 국물로 만든 냉국수를 만드시곤 하셨죠. 그때 그 옛집의 작은 식탁에 둘러앉아 할아버지, 할머니, 아버님, 어머님과 같이 들던 그 열무김치 냉국수가 정말 그립습니다. 지금도 문뜩문뜩 그때를 떠올리며, 이제 다시는 그런 호사를 누릴 수 없다는 생각이 더욱 마음이 아프네요.

會者定離라는 말이 있습니다. 한마디 말로 인생을 논하고 정리할 수 있다고 생각지는 않지만, 다시 정리할 새로운 인생, 삶을 가꾸어 나가시기 바랍니다. 아직 남은 삶과 인생이 새로운 모습으로 기다리고 있기 때문입니다. 이 책의 출간은 아버님의 그동안의 인생과 삶을 중간 정리하는 것이라고 믿습니다. 앞으로 남은 인생 4막을 새롭게 열어 가시기를 기원해 봅니다. 아버님의 책 제목처럼, 사랑과 용기, 긍정의 마음으로 지나온 시간만큼 남은 시간도 새롭게 채워 가시기 바랍니다. 늘 건강하십시오.

❀ 『사랑과 긍정에너지』아버지 글을 읽고

– 사랑하는 아들 호영

어릴 적 제 방에는 조그만 송판에 인두로 지져서 쓴 현판이 하나 늘 걸려 있었습니다. 거기에는 요즘 생각하면 진부한 글귀이긴 하지만 "하면 된다. 할 수 있다"라는 문구가 쓰여 있습니다. 제 기억에는 제가 아주 어렸을 적 바닷가에 놀러 가서 아버지가 저에게 만들어 주신 걸로 기억이 됩니다. 물론, 너무 오래된 일이라 이 기억이 맞는지 잘 모를 정도로 오래된 기억입니다.

이번에 아버지께서 본인이 쓰신 글이라며 엄청난 양의 파일을 보내왔을 때, 그 현판이 먼저 생각이 났습니다. 언제나 열정적으로 살아오신 그분이 만들어 낸 또 다른 기적에 신기하기도 했지만, "하면 된다. 할 수 있다"를 외치며 몸서리치게 고뇌했을 노력에 다시 한번 존경하게 됩니다.

이번 작품이 아버지의 처녀작입니다. 저는 이 처녀작을 "인생 처녀작Life Premiere"이라고 부르고 싶습니다. 그분의 인생이 모두 녹아 있는 기념비적인 작품이지 않을까 조심스럽게 생각이 듭니다. 기념비적인 작품이라고 하니 엄청 대단한 이야기가 녹아 있지 않을까 추측해 보시는 분이 있을지 모르지만, 너무나 소소한, 그래서 좀 더 마음에 와 닿고 가슴 아픈 이야기들로 채워져 있습니다. 우리가 순간순간 너무나 당연하게 지나치는 일상들을, 그러한 가벼운 일상에 대한 무거움을 작품 곳곳에서 느낄 수 있습니다.

저는 이 작품에서 철없는 아들로 등장합니다. 그래서 솔직히 책을 보는 내내 마음이 편하지는 않았습니다. 어떨 때는 정말 쥐구멍으로 숨고도 싶었습니다. 또 어느 곳에서는 슈퍼맨이 될 수 있다면 세월을 거꾸로 돌려서라도 그때로 다시 돌아가 좀 더 아름답고 즐거운 결말로 바꾸고 싶었습니다. 그리고 좀 더 저 자신에게 솔직해지자면 몇몇 부분은 아직도 글을 다 읽지 못했습니다. 마음 속 깊은 곳에 무엇인지 알 수 없지만 무서운 그 무엇에 겁이 나나 봅니다.

칠순을 조금 넘긴 시점에 아버지는 인생의 제3막을 시작합니다. 이 책은 인생의 제3막을 시작하는 신호탄이자, 인생의 제1막과 제2막을 뒤돌아보는 작지만 소중한 정리입니다. 정리는 다시는 보지 않기 위해 한 켠에 치우는 것이 아닌, 다시 한번 볼 때 더 잘 보기 위해 낡은 서랍에 켠켠이 쌓아 올리는 작업일 것입니다. 그 낡은 서랍 곳곳에는 아버지의 흔적보다 훨씬 많은 부분에서 어머니의 흔적을 느낄 수 있습니다. 저에게 아버지는 이 세상에서 사랑이라는 것이 헌신이며, 그 헌신은 즐거운 것이라는 것을 몸으로 보여주신 유일한 분입니다.

지금도 집안 곳곳에서, 또 淸綠園(청록원)에서 그리고 아버지께서 다니시는 모든 곳에서 어머니의 숨결을 느낍니다. 어떤 때는 삼키지 못하는 가래에 막혀 힘든 "그르릉~" 소리가 들리기도 하고, 어떨 때는 아프기 전 곱디고운, 하지만 정말 카리스마 넘치는 어머니의 청아한 소리와 따스한 숨결이 느껴지기도 합니다.

이제는 핸드폰의 사진에서만 느낄 수 있는 엄마이시지만, 너무 생생한 기억이 여기저기 펼쳐집니다. 아버지의 책은 그 기억을 펼처 놓을 수 있는 너른 정원입니다. 아름다운 꽃에 벌과 나비가 여기저기 날아다니는 마음속의 청록원이라고 할까요?

아버지 책에서 할 말은 아니지만, 나이가 들어가니 몸서리치게 사무친다는 말이 어떤 의미인지 조금은 알 수 있을 것 같습니다. 앞으로도 이러한 기분은 늘어나면 늘어났지 줄어들 것 같지는 않습니다. 제가 이런데 아버지께서는 훨씬 더 심하시겠지요. 하지만 앞으로도 천국에 쓰는 편지 같은 글로 아직까지 우리가 있는 이 세상이 아름답다는 것을 알려주셨으면 좋겠습니다.

엊그제는 아버지 칠순 만찬을 높은 빌딩 맨 위층에 위치한 식당에서 온 가족이 함께 조촐하게 가졌습니다. 하늘에 좀 더 가까이 가서 어머니를 가슴속 깊이 모시고 식사를 하고 싶었습니다. 누구에게 가까이 가려는 노력은 그 노력의 결과가 무의미할지라도, 그 마음만으로도 소중합니다.

앞으로도 계속 순수한 글을 통해 노력하는 아버지의 모습을 보고 싶습니다.

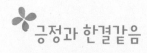
긍정과 한결같음

– 며느리 정혜원

아버님을 뵐 때면 느끼는 에너지의 원천이 이 긍정에너지일 것입니다. 그 모습은 정말로 처음 뵌 이래로 한결같았습니다. 그리고 그와 같은 긍정에너지를 원천으로 어머님을 간병하시던 모습은 쉽게 찾아볼 수도, 쉽게 잊을 수도 없는 모습일 것입니다. 그 모습에는 다정다감이나 사랑을 넘어선 헌신이 깃들어 있기 때문일 것입니다. 그리고 그 모습을 보면서 부부의 만남이 사랑이라면, 그 과정과 마지막에 헌신이 깃들어야 한다는 것을 깨우치게 되었습니다.

지난겨울 아버님께서 그토록 정이 깊던 어머님을 떠나보내시고 얼마나 허전하실까 걱정을 많이 했었는데 이렇게 그동안의 마음을 담은 글을 쓰시고 모으시면서 다시 한번 그 긍정에너지의 힘을 보여주시니 존경스러울 따름입니다. 그와 같은 긍정의 마음이 자연스럽게 일어날 수도 있지만 의지로 노력해야 하는 부분이 있다고 생각하기에 더욱 그렇습니다.

앞으로도 아버님이 건강한 모습으로 자식과 손주들에게 삶의 지평이 되는 모습을 보여주시길 바랍니다.
존경합니다.

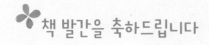

책 발간을 축하드립니다

- 외손녀 김경린

어렸을 때는 외할아버지의 청록원을 주말마다 방문했었다. 우리 집안의 맏손녀로서 어렸을 때부터 청록원의 변화를 보며 할아버지의 끝없는 노력을 느꼈다. 특히 오랫동안 편찮으신 외할머니를 간병하시면서 할머니를 사랑하고 배려하는 마음으로 청록원 농장을 더욱더 발전시키기 위해서 항상 연구하고 열심히 일하며 노력하시는 모습이 인상적이었다. 그렇기에 나 또한 자주 그 노력과 열정을 얻어 간다.

몇 년 전부터 글을 쓰신다기에 굉장히 대단하시다고 생각한 적이 있다. 은퇴 후에도 공부함을 게을리하시지 않는 할아버지가 존경스럽다. 새벽 4시면 일어나 운동하시고 글을 쓰고 청록원 일을 마치고 나면 힘도 드실 텐데 글을 계속 쓰셨다니 대단하시다. 그런 노력이 이제 결실을 맺을 수 있다는 소식을 듣고 나는 우리 집의 누구 못지않게 기뻐했던 것 같다.

이번을 계기로 할아버지께서는 좀 더 넓은 문단의 세계로 들어갔으면 한다. 문인들에게 자신의 글을 피드백 받을 기회가 생긴다면 매우 좋을 것이다. 할아버지의 책 편찬을 도와주시는 모든 분께 정말 감사드리며 항상 할아버지가 건강하셨으면 좋겠다.

사랑과 긍정에너지를 읽고

- 외손자 김서현

사랑과 긍정에너지, 이는 어쩌면 많은 이들의 인생을 바꿀 수 있는 힘을 가진 단어라고 생각한다. 나의 할아버지는 한평생 사랑과 긍정에너지를 가지고 이를 실천하며 우리를 기르셨다.

할아버지는 청록원이라는 농장을 만들어 일도 열심히 하시고 글도 늘 쓰시는 분으로 아프신 할머니를 위하여 헌신하셨으며 지금도 기적이라고 부를 수 있는 수많은 일을 해내고 계신다.

이렇게 존경받아 마땅한 나의 할아버지께서 살아오신 삶과 그에 대한 마음가짐을 담은 이 책을 추천한다.

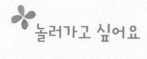 놀러가고 싶어요

– 손자 허성모

할아버지 청록원 이야기

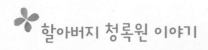

– 손녀 허서연

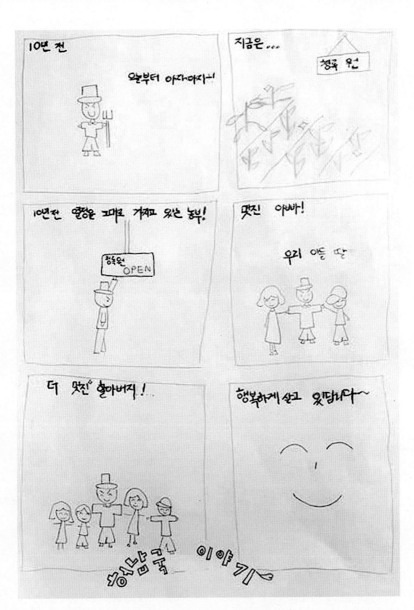

하나 사랑과 긍정에너지

사랑과 긍정에너지

아름다운 동행

새로운 시간
새로운 출발

날마다 힘차게 뜨는
새로운 해

생애 첫날인 듯
처음 살아 보는 오늘

날마다 새로운 만큼
날마다 서툴고 실수투성이

행복한 새날
눈뜨면 먼저 감사기도

감사는 감사를 끌고 오고
믿음에서 샘솟는 희망

영양식, 약, 돌봄, 굳은 몸 풀기…
아내 편하게 해 줄 방법 생각

항상 배우고 익히고 실천하는
창조적 하루

믿음, 평화, 용기
사랑과 긍정에너지

행복 더해 가는
아름다운 동행

함께라는 이름으로

혼자 아닌
함께라는 이름으로
힘든 줄 모르고
여기까지 멀리 왔는데

진정 행복이 무엇인지?
어디 있는지?
모르고 지나는 많은 순간
아내 마음 읽어가며 손발 되어

움직이지 못하고
의사표현 안 되는 아내와
하루 종일 행복 찾아 헤매지.

여름내 풀꽃 피워내던
부드러움 어디 가고
꽁꽁 얼어붙은 대지처럼
딱딱하고 차갑게 굳은 몸

주무르고 풀어주며
몇 번이고 되뇌며 다짐하지.
그래도 아직 당신이 있어
내가 버틸 수 있다고

두 바퀴로 굴러가는 자전거

꽃길도 달리고 외나무다리도 건너는
두 바퀴 자전거

앞바퀴는 뒷바퀴 돌부리 비켜 주고
뒷바퀴는 앞바퀴 힘껏 밀어주며

방방곡곡 산과 들 달리는
당신은 앞바퀴 나는 뒷바퀴

바퀴살 녹슬까 부러질세라
조이고 닦고 아끼며

평생 함께 달리는
영원한 두 바퀴 자전거

덜컹 덜컹 달리고 또 달리는
두 바퀴 자전거

힘차게 힘차게 오늘도 내일도
희망 꽃길 바라보며

우리 둘이 힘껏 달려요
쓰러지지 말고 영원히 영원히

사랑으로

사랑으로 살게 하소서
내 모든 생각, 행동을 사랑으로
이해하며 살게 하소서

내 생각 위주가 아닌
아내 입장에서 바라보며
함께 더불어 살게 하소서

어떤 고난도 어떤 어려움도
사랑으로 불태워
초록빛 초원이 살아나게 하소서

막히고 힘들 때도
고통스러워하지 않고
사랑으로 살아가게 하소서

쉼표 없이 달리는 인생 여정
감사라는 말 입에 달고
행복으로 살아가게 하소서

괜찮아

사랑하는 여보
괜찮아

일어나지 못하고 응응대도 괜찮아
생각 있는데 말이 안 돼도 괜찮아

밥 먹을 때 입이 안 벌어져도 괜찮아
대소변 제대로 안 돼도 괜찮아

양치질 때 입 안 벌어져도 괜찮아
웃음 없어지고 표정이 굳어도 괜찮아

물 한 컵 먹는 데 30분 걸려도 괜찮아
말이 안 돼도 다 괜찮아

당신 있어 외롭지 않아
항상 훈훈하게 사는 게 다 당신 덕분

내가 다 알아 당신 속마음

내가 다 알아 괜찮아 괜찮아

재롱

잠깐 저녁 좀 외식하고 와도 될까요?
사랑스런 당신 뉘어 놓고 나가니 가슴 콩콩

달음질치듯 달려 친구 만나
도둑 술 먹고 살금살금 기어 들어오니

말을 못 하니 응응 소리 크게 내며
그러면 되느냐 호령하듯 강직상태 심해

취기 있음에 더 미안한 마음
응응대는 아내 앞에서 재롱 떨어보네

내 속내 다하여
사랑한다 쓰다듬고

아내 보듬으며 재롱떠니
내 마음 상쾌해지네

나도 몰라 어찌된 일인지

웃음으로 아내 맴돌며 재롱떨 뿐

소통이 쉽지 않아

소통이 어렵다 하더니
아내와 소통 쉽지 않네

매일 눈 꽉 감고 말없이 응응대는 아내
어디 아픈지 배가 고픈 건지

며칠 변비로 힘든 건지
손발이 시린 건지 저린 건지

코 줄 음식 맛이 있는지 없는지
하고 싶은 게 있는지 없는지

평생 살아온 아내와 다시 소통 위해
아내 몸 되어보고 마음 되어보네

약 기전 익힐 때까지 공부하고
임상 시험하듯 약 조절하며
간병 내용 빠짐없이 적어
소통 넘어 통달로 한 몸 이루니

옆만 스쳐도 느낌으로 감이 오고
캄캄한 밤 숨소리만 듣고도 소통하네

말, 몸짓, 발짓
이렇게 중요한 걸 난 미처 몰랐네
소통 참 쉽지 않다는 것도

Healing Travel
(천사섬. 전남 신안군 증도 엘도라도 콘도에서)

세상 낮은 곳 가득 넓고 넉넉한 바다
음과 양이 어우러지듯 부딪히며 절규하는 파도
수평선 멀리 가물가물 떠있는 섬, 섬, 섬
섬 사이 바다 뒤로 숨어드는 저녁노을
까만 바다 위 그려 놓은 황홀한 해넘이

바람에 실려 온 시간도 쉬어간다는
SLOW CITY 증도 엘도라도 콘도 휴양지
바다와 해송으로 소문난 치유 섬 증도
별 뿌려진 하늘 아래 펼쳐진 갯벌에
바쁘게 달려온 마음 내려놓고
파도가 밀려오는 아름다운 콘도에
아내와 함께 여행 짐 풀고 힐링

이틀 동안 짧은 휴식일지라도
아내 맘과 몸 회복시키도록
증도의 아름다움에 부탁하는
이 깊은 믿음과 희망…

천지를 뒤흔드는 파도가

마음속 엉킨 모든 것 다 가져간다

아내 힐링만 생각하며 휴식할 수 있도록…

흑과 백이 섞이며 부서지는 칠흑 바다

밤새 불어대는 세찬 바람 속 난폭한 파도소리

휘청거리며 균형 잃지 않으려 애쓰는 해송 가지

우리 내외에게 무언가 가르쳐 주려나 보다

어렵고 힘들더라도 참고 견디며 힐링 하라고…

힘 빼고, 마음 비우고, 머리 숙이고

새벽 4시,
응~응 큰 소리 잠 깬 아내
나만 알아들을 수 있는 메시지
"화장실 가요"
오랜만에 나에게 표현하려고 노력하네.

화장실 다녀와 침대에 눕기 바쁘게
두 손 입에 대고 더 큰 소리로 응~응~ 힘쓰니
온몸 딱딱하게 굳으며
너무 힘 주어 강직현상으로
이마에 땀이 나기 시작

힘주어 딱딱해진 손목 잡고
"옜다, 모르겠다. 힘 빼자"
살포시 흔들며 부드럽게 치유

힘 빼고
머리 숙이고

마음 비우고 살아야

건강할 수 있지 말하며

손목 계속 흔들어 풀어주면

조금 지나 응~응~ 소리 줄어들고

곧이어 잔잔한 숨소리

땀 뽀송뽀송 돋아나는 이마 어루만지며

힘 빼고, 마음 비우고, 머리 숙이면 편해지는 거야

되뇌며 기도하면 다시 새벽 단잠 시작

한두 시간 힘 빼는 운동 해주다 보면

나도 새벽 늦잠 밀려오니 이젠 자야지

곧 다가올 새날을 생각하며 청해보는 잠

아내 회갑 잔칫날

함박눈 펑펑
속초 가는 미시령 길

사방을 뒤덮은 주먹 크기 함박눈
하늘에서 내려주는 축하 선물
길이 잘 안 보여 운전이 힘드네

하얀 눈으로 깨끗이 단장한
대청봉, 공룡능선, 울산바위
바로 내 앞에 다가와 어서 오라하네

하얀 산 아래 들판 가득 활짝 핀 벚꽃
늦게 내린 봄눈 스카프 쓰고 분홍 얼굴로 손님맞이

차창으로 들어오는 맑고 신선한 공기
상큼한 과일처럼 그 시원함에 정신이 번쩍

온 가족 콘도에 모여 왁자지껄

할머니 회갑잔치라고 손자들 시끌벅적
떠들썩한 인파 속 오랜만에 경사 났네

축하 노래 끝나기도 전에
손자들 다투어 촛불 끄며
온 가족 한껏 웃어보네

삼대가 모여 하나 된 할머니 회갑잔치
신난다, 즐겁다, 너무 좋구나

건강하세요. 할머니!
오랜만에 온 가족 함께하는 잔칫날
파안대소 가득 좋기도 좋구나

거짓말쟁이

나는 알지 나는 알지
내가 거짓말쟁이란 걸

말 못하고 밥도 코 줄로 먹는 엄마 힘든 모습
딸에게 있는 그대로 말 못하고

항암치료 고통받는 딸 모습
엄마에겐 문병 갔던 이야기도 못 꺼내

두 사람 고통 따로 괜찮다고 말해야 하는
나는 거짓말쟁이 나는 거짓말쟁이

춥고 움츠러드는 겨울 지나
꽃 피고 새 지저귀는 봄 어느 날

딸 항암치료 터널 빠져나오면
털어놓고 거짓말쟁이 면해야지

엄마 굳어가는 몸 떨어진 인지상태
보여주며 거짓말쟁이 면해야지

미안해요 미안해
있는 그대로 말 못 하는 내 마음

언젠가 속 시원히 털어놓으며
실컷 웃어볼 수 있으려나?

그때는 내가
거짓말쟁이였다고 말이야

전복죽

2015년 을미 설날 저녁
아들이 쉬지 않고 부산하기에

늦은 시간 무슨 일 하느냐 물으니
엄마 전복죽 쑤어 드리려고요

내가 조금 피곤해도
엄마가 맛있게 드실 수 있도록
죽이라도 만들어 놓고 가야지요!

설 쇠느라 피곤할 터인데 쉬지
전복죽은 무슨 전복죽

겉으로 걱정스레 손사래 치면서도
내 가슴을 찡하게 울리는
아들 마음속 말 한마디

엄마도 이 말 새겨듣고

감동받아 일어났으면 하는 바람

설 준비 제사상 차리느라
힘들지 않을 리 없는데도

엄마 생각에 전복죽 쑤는
아들 마음 밝고 가벼워졌으면

덕행은 삶을 아름답게 만든단다
정말 고맙다

하루

눈뜨면 상큼한 새벽 공기 마시며
아침 햇살처럼 밝은 마음으로

빡빡한 삶의 시간 속에서
하루 온종일 이리 뛰고 저리 뛰며

난치성 1급 장애 아내 아름다운 삶 위해
머리부터 손끝까지 있는 힘 다해

손끝 닳아터지고 지문 없어져도
허리가 아파 잠 제대로 못 자도

가끔 실수로 실패하더라도
다시 천천히 느긋한 마음으로

순간순간 새로 설계하며
할 일 다시 찾아 새로 시작
하나씩 최선 다해 하루 마무리

해넘이 저녁노을 황홀함처럼

아름다운 내일 다시 사랑으로 준비하는

행복 가득한 하루

천국(딸아 반갑다)

천국이 어디 있나 했더니
오늘 청록원이 바로 천국일세

그렇게도 그리던 딸
딸이 돌아왔다
딸이 돌아왔어

지난 가을 까맣게 탄 얼굴로 떠나가더니
해가 바뀐 오늘 웃는 얼굴로

지난가을 네가 아프다할 때
하늘이 무너지고 사방이 꼭 막히고
캄캄한 칠흑 밤처럼 보이는 것 하나 없더라

오늘 하늘이 뚫리고
앞산이 열렸다

문을 열어라!

딸 마중 나간다

그토록 힘든 항암치료 잘 끝내고
살아 돌아왔네
고생 많이 했다. 고맙다

"아빠 나 왔어" 부르는 딸 목소리
청록원 나무들 두 팔 벌리고
꽃들도 방긋 방긋 향기 뿜으며 반기네
내 마음 다 아나 봐, 정말 아나 봐

그 어느 꽃보다 더 예쁜 딸 얼굴
딸이 웃으며 돌아오니
온 가족 환한 얼굴 웃음꽃 활짝
굳었던 엄마 무표정 얼굴 웃음기 서리고
아이들 너무 좋아 때 이른 냇물 목욕
물고기 붙잡아다 연못에 넣고 깔깔깔

사내놈들 물안경 쓰고 이른 오월에 웬 냇물 텀벙
싸늘하게 물결이 감겨도 그저 기분 좋아 깔깔깔
레이싱 카로 계곡 탐험한다며 넘어지고 자빠지고
아이들도 너무 좋아 신명난 하루

봄 산나물 뜯어 입맛 돋우고
힐링 스무디 재료 흑토마토 심으며
건강한 딸 얼굴 상상하니 절로 신나네

딸아
반갑다

면역력 높이고 건강 잘 챙겨
청록원 봄꽃 피듯
건강 꽃 활짝 피워내자

천국이 따로 없네
바로 오늘 청록원이 천국일세

부부

하나일까?
둘일까?

함께일까?
따로일까?

파란 하늘
푸른 바다

하나 된
수평선

부부가 그렇다.
둘이 만든 하나이니까

혼자 울어

혼자 아내 모르게
가슴속 울음 울컥 치솟네!

아이들에게 내색도 못하고
좋은 쪽 생각만 노력하고
좋은 말만 돌려가며 하다가

문득 병고에 시달리는 아내 보는 순간
나도 모르게 마음속 깊은 곳에서 울컥

딸 아들이 보내 준 고단백 식품
정성들여 키운 청록원 농산물

알아보고 연구하고 계산해 보고
매일 이런 저런 영양식 만들어

눈 감고 응응대는 아내
코 줄 식사로 어느새 2년

남편이 만든 영양식으로 건강 챙기고
팔 다리 튼튼하고 뇌 기능 향상되길 바라는데
무엇을 해도 항상 부족하고 미안하지

아무런 일도 일어나지 않았는데도
사랑하는 아내 옆에 있는데도
나도 모르게 콧물 눈물이 함께 흐르네

왜 이럴까?

아내 손 꽉 잡은 채
아내 모르게 혼자서 속으로 울어

들꽃

새벽안개 촉촉한 아침
산책길가 환하게 웃는 들꽃

오늘도 한없이 소중한 하루
감사하는 마음으로 시작

좋은 하루, 좋은 시간,
좋은 사람 만나

하루 종일 웃음 가득
행복 가득하기를

많은 것, 큰 것 욕심내지 않고
주어진 만큼을 소중히 여기고
들꽃처럼 예쁘게 웃는 하루

따뜻한 사랑으로
시작하는 하루

노랑 파랑 하얀 꽃잎
조용하게 힘찬 응원 소리

더위 가뭄 이겨낸
아름다운 들꽃 사이로

난치병 떨쳐낸 예쁜 아내
활짝 웃는 얼굴 아른아른

블라디보스톡 azimut 연가

여보!!

당신과 함께하던
옛 여행 모두 생각나

늘 즐겁게 다니던
그때 그 여행들

청춘도 아닌데
왜 이리 설레일까?

아픈 중에도 아름다운
당신 모습 아른거리네

지난밤 더 유난히 생각에 젖어
그리움 밀려오네

당신 따뜻한 체온

여기까지 택배로 왔나 봐

어서 일어나 보랏빛 인생
웃으며 여행 해야지

블라디보스톡 azimut 호텔 631호로 달려와요
당신 올 것 같아 문을 열고 내다보네

겨울바다

바다 바람 안고 밀려오다
갯바위에 깨지는 하얀 파도

아내가 그리도 좋아하던 파도
그래서 닉네임도 파도라 불렀지

사랑의 추억도 가버린 겨울 바다
굳어가는 얼굴 문지르며 건강 기원 해맞이

깨끗하고 선명한 겨울 바다
때론 답답한 마음 던져 버리려 달려와

탁 트인 겨울 바다에서 손 호호 불며
둘이서 사랑의 기쁨 가득 채웠었지.

갈매기도 날아가 버린
겨울 바다에서

그토록 기쁘고 즐겁던

그 시절 그려 보네.

행복한 동행

손끝 하나 움직일 수 없는
당신 바라보며
생각합니다
옛날 예쁜 얼굴
당찬 몸매
밝은 웃음
다 어디 보내고
그렇게 사느냐고

조건 없이 사랑한 당신
내 몸같이 사랑한 당신
변함없이 사랑할 거야
어떤 고난 닥쳐와도
어떤 어려움 밀려와도
사랑으로 헤쳐 가며
행복하게 살아갈 거야

보석 같은 여보

내 몸 같은 당신

영원토록 사랑하며

아름다운 동행으로

우리 함께 살아가요

칭찬

예순여덟 생일날

우리 할아버지는
글도 잘 쓰시고
농사도 잘 지으시며
모든 일에 열정적이라
·자랑스럽다.

손자가 쓴
생일 카드를 받고

글감도 더욱 솟아오르고
매일매일 신나는 하루
모든 일에 힘이 솟아나네

일 년 중 112일
백 리 떨어진 곳 천 평 농장
문전옥답 가꾸듯 풍년농사

몸이 굳은 파킨슨병 아내
차에 싣고 맑은 공기 힐링하며
나이 잊은 채 사랑으로 살았지

열정과 사랑과 긍정으로
살아가는 모습 보여주려고

칭찬은 귀로 먹는 보약이라더니
한마디에 힘이 용솟음쳐
칭찬 한마디에

살게 마련

낮 내내 농장 일하고 와
밤 간병하다 늦은 잠자리

얼마나 잤을까?
잠결에 응응 소리
습관적으로
그래 기저귀 갈게요
눈 비비며 일어나
기저귀 갈고
깔개매트 바꾸고
소변 젖은 옷 갈아입히며

그래 다 살게 마련이야
응응 소리 없으면 일어나지 않았을 터인데
듣기 싫던 응응 소리가 고마울 뿐

말 못하다가도 소변 볼 때는 꼭 응응 큰 소리
응응 소리 듣기 싫다고 말하다가

응응 소리 없으면 그냥 잘 테니
놔두면 욕창 오겠지

감사한 마음으로
옆에 누워 아내 얼굴 바라보며
다 살게 마련이여
온통 세상 돌아가는 것 모두 다

불평불만 날리고
감사한 마음으로
있는 힘 다해
아내 사랑해야지 다짐

살다 보면

마음 따라
세상 변할 때가
있게 마련

큰 꿈 안고
긍정적 마음으로

힘들 때는 서로 격려하고
칭찬도 많이 하며

고운 말로
서로서로 응원하면서
얼굴엔 언제나 웃음꽃

그 인생은 늘
행복한 인생이야

행복도
자신이 만드는 셀프니까

둘

놓아버릴 용기

아프지 마

아픔이 멎었네
고통이 멎었네

몇 년 동안 못 보았던
너무 편한 얼굴

웃으며 곧 일어날 듯
눈뜨고 한마디 할 듯

찬 입술에 내 볼 비비며
있는 힘 다해 온기 불어 넣어도

반응이 없네
아무 말 없네

이제는 아픔 끝났네
고통 근심 걱정도

아프지 않은 곳
천국으로 잘 가요

그동안
고마웠어요

나의 힘
내 사랑 당신

떠나보내면서

마음속 깊이 빌었지
잘 가라고
그동안 고마웠다고
입관 전 마지막 이별
툭툭 털고 일어날 듯
떠나가는 아내 얼굴
너무 편해 보여
이상하리만큼

숨 쉬며 웃으며
곧 일어날 것 같은 얼굴
차디찬 입술 그냥 보낼 수 없어
내 온기로 데워 따뜻하게 데워보내려
하염없이 볼맞춤 겨우 해 보는 바보

바로 일어날 것 같은 아내 끌어안고
아내가 일어나 주기를
마음속으로 애원하며 빌었지

긴 겨울 동안 나뭇잎 떨구고
죽음 같은 잠을 자다가
봄 햇살에 기지개 켜며 깨어나는 나무처럼

모두 다
바보스럽고 헛된 일인 줄 알면서

겨울이 지나고 봄이 오면
새파란 이파리 돋아나고
수줍은 소녀 분홍 꽃 피우듯
다시 처음부터 삶을 시작하면 얼마나 좋을까?

봄이 오면 그렇게 좋아하던 청록원에
연둣빛 이파리, 분홍 꽃 가득 피워
불러다 함께 놀아야지.

커피 한 잔

여보! 우리 커피 한 잔 할까?
따끈따끈한 커피 끓여 왔어요

밤사이 내린 눈으로 온통 하얀 세상
당신 마음처럼 눈 덮인 산이 포근해 보이네

찬 밤 지샜을 생각에 달려왔지
눈가래 빗자루 들고 눈 쓸어 주려고

엊그제 지은 여섯 평 새 궁전
눈 쓸고 빨간 장미꽃 다발로 단장

우리 추운데 떨지 말고
따뜻한 커피로 몸 좀 데우자

따뜻한 마음 담긴 커피 한 잔
몇 모금 아내에 부어주고

눈 덮인 포근한 산 속 아내 카페
선 채로 따끈따끈한 커피 한 잔

그동안 힘들고 아팠던 고통 생각도 하고
정신없이 지나간 며칠 정리도 하며

평안한 안식 영원하기를 바라는 마음으로
기도를 마치니 햇살이 위로를 보내네

아이들 얘기도 하고
며칠 못 했던 얘기 다 하니
조금은 후련해진 내 속마음

가제 손수건

휠체어 주머니 정리하다
떨어진 가제 손수건

가슴이 뭉클
머리는 멍

침 넘김 안 될 때
턱받이 했다가
침 흐르면 닦아주던
가제 손수건

하늘에서는 침 안 흘리고
편하게 잘 있겠지

며칠 전 침 닦아 주며
체온 느끼던 기억도
따뜻한 동행도

이젠 아스라이 저편으로

이리 저리 맴돌다

날아가 버리네.

그때는

미처 몰랐네.

이렇게

빨리 떠나갈 줄

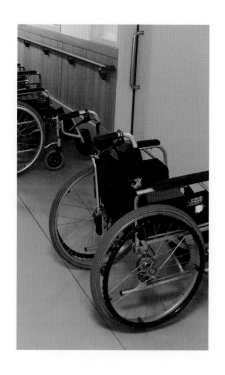

운(運)

운에 天運 地運 人運이 있다고 하더니
운도 만들어 가는 건가 봐

설 이틀 전 아내 장례식
식장이 제일 큰 것만 남아
썰렁할까 봐 근심 가득했는데

한 분 두 분 자리가 모자라게
조문과 위로해주는 지인들

얼마나 고마운지 고개 숙여 감사 인사
웃고 즐기며 만났던 그 시절
나도 모르는 눈물이 주르륵

人運이 하늘에 닿아
여러 지인 격려 속

편안한 마음으로

떠나가는 고운 아내
감사할 뿐

햇살

추운 겨울 녹이는
따스한 햇살
당신이 그렇게도
좋아했던 햇살

겨울 찬 바람 비켜
양지쪽 햇살로
건강 챙기려

온 동네 겨울 햇살 찾아다니며
당신도 나도 그저 행복했는데

당신 있던 자리
따스한 햇살 자리

나도 모르게
빈 휠체어 밀며
햇살 쫓아 나서네

갑자기 당신이
그리워지는
따뜻한 오후 한때

여보! 식사해요

아침상 차려 놓으니
당신 어느새 옆에 와 있네

새벽 내내 응응대다가도
아침 먹고 나면

휠체어 앉은 채 고개 숙이고
조용히 잠들기도 하고

편안해하던 그 모습
내 곁에 와 있네

항상 그랬지
코 줄로 아침 식사 마쳐도
휠체어 위 당신 끌어다 옆에 앉혀 놓고

남편 밥 동무 하자고
혼자 밥 먹기 싫어서

나 지금
며칠 동안 당신 생각하며
혼자 밥 먹었어

혼자 밥 먹을 때면
들려오는 당신 목소리

밥상 차려놓고
"여보! 식사해요"

더 듣고 싶어도 못 들으니
그때가 더 그리워지네

아들

이 세상 제일
기뻤던 날
아들 낳던 날이라고
당신은 늘 그랬지

그럴 때면 나도 신났지
그래 우리 아들 잘 키우자며
힘 보태고 잘 키우려 노력했지

관악산 올라
아들 대학교
내려다보던 그날

당신이 가장
행복해하던 날

이젠
모두
옛날이 되어버렸네

외로움이 밀려올 때면

당신 그리움 밀려와
예쁜 사진 한 장
크게 뽑아
액자에 넣어 걸었지
거실 잘 보이는 곳에

사진 속 당신 웃음
텅 비었던 집 구석구석
아름다움으로 겹겹이 채워지니
밀려오던 외로움도
저 멀리 사라지네

외로움도 생각에서
오는 건가 봐

우리 외롭게 살지 말자고
늘 서로 격려하면서

못 잊어

언젠가는 돌아가겠지
당신 곁으로

먼저 떠나는 길
힘들고 어려워도

하늘 저 끝에는
천국이 기다리고 있을 거야

떠나는 얼굴에서
나는 보았지

당신
편안함

곧 다시 돌아올 것처럼
훌쩍 떠난 당신

그 어느 때보다 더
편안해 보이는 몸

언젠가는 다시 만나겠지
그때 모습 반가움으로

그리워질 때면

보일 듯
만져질 듯
문득 문득
왔다가 사라지는
당신 모습

때때로
바람에 실려 오는
풋풋한 체취

그리움 밀려올 때면

아이들과 네 식구
한 오토바이 타고
겁 없이 달리던 꽃길
신나게 다시 달려도 보고

바닷물 갈라지는 기적 상상하며

진도 땅 끝까지 휠체어로 달려가
건강 빌던 그때 추억 되새겨 보네.

힘들었어도
그때가 참 좋았어.

외로워지면

당신 뇌 기능 떨어지는 게
너무나도 싫고 걱정되어

건강할 때 여행사진
한쪽 벽에 쫙 붙였더니

손으로 쓰다듬으며
열심히 보는 것으로 모자라

아예 주머니에 넣어
가지고 다니며 보던 당신

이제는 내가
당신 대신
사진 쓰다듬으며

당신 빈자리
메우고 있네

외로울 때면

두고두고

당신 생각하고 싶어서

놓아 버릴 용기

놓아야 하는데
놓아 버릴 용기가 안 나

오늘도 끌어안고
정다웁게 지하철 달리며
서울 구경 함께하네
하늘나라 아내 불러다

놓지 못하는 이유가 뭘까?

사랑일까
정일까
욕심일까

아니야
놓아 버릴 용기가
없을 뿐이야

아니야
아니야

진정 사랑했던 당신
함께하고픈
마음인 거야

빈자리

이곳 저곳
여기 저기
눈에 띄는 빈자리
당신 머문 자리

장애인 주차장 빈자리
드나들던 장애인 화장실
모두 빈자리

당신 떠난 빈자리
내 맘속 빈자리
온통 빈자리

간병이 힘들고 어려워도
빈자리 채울 그때가
너무 좋았던 시절

장애인 빈자리 우두커니 지키는

휠체어 마크 속 장애인 지킴이

넌지시 내 마음에 던지는
소리 없는 질문 한마디

왜
사랑하던 아내
어디 두고
혼자 왔느냐며

파도

분초 쪼개 쓰며
바쁘게 살았던
아내 간병 13년

13년이 유수 같이
한 달처럼 지나갔는데

당신 떠나보내고
나 홀로 지낸 한 달

일분일초가 웅덩이 물 되어
한곳 빙빙 돌며 통 흐를 줄 모르네

당신 없는 한 달
얼마나 길고 긴지

파도 만나러 바다까지 갈 길
아직 너무 멀고 넘을 것 많아

막히면 돌아서 가고
웅덩이는 꽉 채워 넘어서 가자

가자
가자
달려가자

파도가 춤추는
넓고 시원한 바다로

주: 파도는 아내의 카페 닉네임

보일 듯

어디에 숨었을까
어디로 갔을까

숨바꼭질 하자고
장독 뒤에 숨었나?

도시락 싸
봄 소풍 나갔나?

보일 듯
돌아올 듯

찾아도 보이지 않네
돌아올 줄 모르네

사랑했는데
행복했는데

시간의 통로

빈손으로 왔다가
빈손으로 가는 인생

오래지 않아
흙으로 돌아가리라

피할 수 없는 운명의 선고
잊어버린 척 피해 다니며

바쁘다는 핑계로
나만 보고 달리다가

시간의 통로 끝에서
인생이 무엇인지 알 만하니

그때는 이미
여생이 길지 않네

아내도 내 곁 떠나
홀로 걸어가야 하니

슬픈 표정 짓는다고
나아지는 게 뭐 있겠소

슬픔도 외로움도 모두 다
이 내 부질없는 욕심이겠지

신발 정리

외출할 때
골라 신던
예쁜 신발

운동화, 등산화
구두, 골프화
치마정장, 하이힐
여름 신발
겨울 털 신발

집에서 뛰어다니며 신던 고무신
병원 입원 때 신던 신발

임자 잃은 예쁜 신발
쓸모없는 천덕꾸러기
많기도 하네.

구두약 바르고 침 발라

구두코 반짝 반짝

투피스 정장 맞춰 신고

꽃처럼 환하게 웃으며

앞서 나서던 아내

발 아플까 걱정되어

고급 등산화 사 신고

대청봉 오르며 웃고 즐기던

그때 그 추억

시애틀서 까만 골프화 사 신고

좋아라 웃고 즐기던

라운딩 순간들

몸 아플 때 워킹화 신고

넘어지면 다시 일어나 걷던

아픔의 시간들

옛 추억에 눌려

더 두고 볼 생각에

오늘도 신발 정리 못 하고

신발장 문 닫고
아내 생각에 잠기네

바람이었나?

행복 찾아 함께 달려왔는데
바람처럼 날아가 버렸네

아름답던 동행도
즐겁고 기쁘던 순간도

천둥 번개 비바람 지나간 자리
고요함과 쓸쓸함만 맴도네

모두 다 지나가버린 옛 추억
아름다운 동행의 희미한 그림자

바람처럼 불어왔다
바람처럼 사라져 버렸네

그래서 늘 그랬지

오늘을 내 남은 인생 끝 날처럼
즐겁고 행복하게 살다 가자고…

낮달

한 백 년 아름다운 동행 꿈꾸며
늘 처음 새날처럼 살아왔는데

13년 지병 아픈 고통 없애려
흰 국화 뒤 영정에 숨어 떠나가더니

흰 구름 타고 하늘을 두둥실 날고 있네
한낮 조각달 되어

예쁘고 밝은
그 얼굴
그대로

25 1:22PM

셋

자연 愛 속삭임

청산도 봄 왈츠

하늘도 바다도 산도 파란 靑山島
바람도 쉬어간다는 슬로시티 靑山島

새파란 에메랄드빛 넓은 바다
은빛 물결 반짝반짝 희망 노래

스스로 낮은 곳 자리하며
푸른 산 키워내는 맑은 바다

멀리 찾아온 이른 봄 손님 반가워
노래하며 춤추는 청산 바다에 내 맘 사르르

산비탈 다랑구지 연초록 청보리밭
청산도 아낙네 치마폭처럼 살랑 살랑

모진 삭풍 이겨 낸 범바위 진달래 분홍 꽃잎
수줍어 고개 숙인 채 환한 웃음으로 손님맞이

구들장 논 돌담길 샛노란 유채꽃 향연
해변이 불러주는 소나타 신나는 봄 왈츠

살으리랏다 청산에 살으리랏다 자연과 함께
느리지만 멋진 삶 슬로 슬로 청산에 살으리랏다

텅 빈 하늘

끝없이 높고 파란 가을 하늘
구름 한 점 없이 텅 빈 하늘

넓은 하늘 비워놓고
무엇 채우려나?

파란 하늘 가득 비구름 채워
메마른 대지 촉촉이 적시면 어떨까?

깨끗이 맑은 하늘 사랑 가득 채워
온 세상 웃음꽃 피우면 어떨까?

텅 빈 하늘 채우려 애쓰는
붉은 가을 단풍이 아름다워라

달맞이꽃

한낮 폭염에 고개 푹 숙이고 쉬다가
달빛 찾아와 창 너머서 휘파람 불면

밝은 미소 환한 얼굴 반갑게 고개 들어
달빛 밤 내내 바람과 신나는 춤

새벽이슬 흠뻑 생기 넘치는 노란 꽃잎
시원한 새벽바람에 향기 날리며 쌩긋 쌩긋

상큼한 새벽 들녘 온통 노랑꽃 물결
달마중 나가 밤새 신바람 춤추며 노닐다

산들산들 돌아오는 달맞이꽃
새벽 운동 손님 반기는 춤 하늘하늘

봄비 콘서트

오랜 기다림 속 반가운 봄비
정원 어린 새순 끝마다
초롱초롱 진주방울 또르르

촉촉한 봄비 감촉에 끌려
휠체어로 아내와 뜰 나서니
겨울 이겨낸 연초록 새순 반가운 봄 인사

나무 밑에서 비 피하던 곱디고운 박새 한 쌍 인사
머리 조아리며 반기는 무당새부부 꼬리춤

고운 단풍나무 잎사귀 주인마님 어디 불편하세요 문안
노랗게 활짝 핀 매발톱꽃 힘내라며 나팔 불어주네

바위나리 하얀 꽃 빗방울 머리에 이고 고개 갸우뚱
시원한 봄비 한번 맞고 정신 차리라고 한마디

지난여름 풍성함으로 사랑 독차지하던 블루베리

꽃망울 터트리며 대롱대롱 꽃 구슬로 풍년 인사

25년 한 마당 한 가족 소사나무 새순 솟아오르며
올 한 해도 다정하게 지내자며 파릇파릇하게 인사

소나무 앞 넓은 호수석에 봄비 내리니
가뭄에 메말랐던 호수석 물풍년 마음풍년

뾰족뾰족 존재감 과시하며 돋아나는 새파란 잔디
봄비가 촉촉이 적셔주니 살아 숨 쉬는 자연 무대

곱디고운 박새, 무당새 신명나게 춤추니
꽃잎마다 단비 머금어 빛나는 함박웃음
친구들 박수로 봄 정원 큰 잔치 저물 줄 모르네

짧은 순간 많은 생각

세상에 이런 단순함이 있었어?
보이는 건 바다와 하늘 태초 우주뿐

짧은 순간 단순함 눈에 녹아드나
마음은 복잡함 잊으려 많은 생각

먼 바다 일렁이며
단순함 밀려오는데

마음은 저 단순한 울림을
받아들이려 많은 생각

순간순간 떠오르는 아내 모습
아내 얼굴 감싸 안고 많은 생각

위대한 진리는
쉽고 간단명료해

바다와 하늘이 손잡고 그린 둥그런 수평선
내 마음 단순함 찾아 수평선 파도타기 시작

찰나 순간에 셀 수 없는 생각이 마음을 휘감고
단순함 속 무한한 우주 진리 어느새 내 마음 한가득

별 바다

반짝 반짝 별빛 밤하늘
엄마별 아빠별 정다운 별 가족

하늘엔 별빛 가득
바다엔 달빛 가득

가도 가도 끝없는 넓은 바다
수북하게 쏟아지는 별빛

별을 세어본다.
동심의 소년 시절 한여름 밤
모든 것 다 영롱히 빛나던 그때처럼

별 하나 나 하나 별 둘 나 둘
영롱한 별빛 쏟아진다. 내 가슴 가득

저 멀리 까만 바다 한가운데
아내 모습인 듯 향기인 듯 해맑은 얼굴

저 별은 너의 별 저 별은 나의 별
별 하나 우리 하나 별 둘 우리 둘

별빛에 물든 밤같이 까만 눈동자
반짝 반짝 신나는 별 춤 한 마당

마음 수련

몸도 쉬며 마음도 닦을 겸
바다가 내려다보이는 욕조에 반신욕

창밖 넓은 바다 일렁일렁
조그만 욕조 물 출렁출렁

넓은 바다 파도 밀려와
큰 뱃머리 흔드니

나비효과인가?
욕조 속 내가 흔들흔들

몇만 년 깨끗한 바다처럼
몸속 마음속 말끔히 닦아야지

행복은 상황에서 오지 않는 것
마음먹기에 따라 행복해지는 것

어렵게 떠난 러시아 여행!
열정 가득 채워 함께 모두 웃으며

기억에 남는 여행
감사하며 즐기는
행복한 여행 만들어야지

마음이 시원하다
푸른 바다처럼

불같이 타올라

넓은 평원을 달리던
발해국 장군 말발굽 소리

조선광복 독립군 군화소리 들리는 사적지
우스리스크 라즈돌리예 대평원

끝없이 펼쳐지는 참나무 자작나무 숲
태초의 버드나무 숲 우거진 늪지대
눈이 다 덮지 못한 대평원 천혜의 땅

고려인 손발 다 닳도록 일군 옥토
지금은 사람 손길 닿지 않는 들판

자연 훼손없이 살아 숨 쉬는
신한촌 평야 고려인 옛 보금자리

불꽃같이 활활 타올라라
고려인 후예 그 기상이여

산길

싱그런 여름 차곡차곡 쌓아 놓은 숲
숲 향기 가득 녹음 짙푸른 산길

바람 한 점 없이 무더운 늦여름 더위
등줄기 타고 순식간에 흘러 내리는 땀방울

가끔 부는 시원한 산바람 이마 땀 닦아주고
산 떠나보낼 듯 세차게 울어대는 풀매미 소리

산 능선 길 코를 찌르는 상큼한 솔향기
산등 넘어 밀려오는 달콤한 칡꽃 향기

선들선들 시원한 초가을 바람
머루넝쿨 붉게 보랏빛 물들이고

청초하게 파란하늘 수놓는 하얗고 노란 가을꽃
아름다운 비단 깔아놓은 시원한 산길

숨 막히게 덥다가 바로 시원한 바람 한 가닥
갈잎 썩는 냄새인가 하면 상큼한 꽃향기

덥다 시원했다를 반복하는 늦여름 산길
마치 긴 여정 인생길처럼

다래 한 알의 행복

파란 가을 하늘
진초록 다래 덩굴

일렬종대 주렁주렁
하늘로 달리는 다래

한 알 한 알
자연을 담는 즐거움

새콤달콤 대자연이
내어주는 선물

혼자 먹기 아쉬워 조금씩 나누니
입에 넣자마자 환해지는 얼굴들

와~~~ 행복이 확 느껴져요
한 알의 달콤함에 모두가 반짝

꽉 막힌 숲길 헤치기 힘들어 허덕허덕
몇 산봉우리 넘으면 눈 따갑도록 흐르는 땀

달콤한 다래 한 알 나눌 생각에
흐르는 땀방울도 즐거운 등산길

산이 내어준 사랑에
감사하는 행복한 하루

산동백꽃

손발 호호 입춘 찬바람
매봉산 등산길 산동백 꽃나무

하얀 눈 파란 하늘 밑그림에
어느새 파란 가지 보라색 새순

겨울 한파 이겨낸 꽃망울
기지개 켜며 이른 봄 마중

무슨 바쁜 사연 있어
눈 속 꽃피울 준비 부산할까

남들처럼 겨울잠 푹 자고
햇볕 따스한 늦봄에 꽃 피우렴

산골짝엔 하얀 눈 아직 소복한데
금방이라도 터질 듯 꽃망울 통통

꽃 사랑으로 겨울 찬바람 이겨내고
봄 준비 바쁜 산동백 친구하며

겨우내 움츠렸던 어깨 쭉 펴고
즐겁고 가볍게 오르는 등산길 발걸음

노란 단풍

앞산도 샛노랑
뒷산도 샛노랑

알록달록 단풍 떠난 산 빈자리
노랗게 물든 낙엽송 작은 잎 앉았네

평소 보이지 않던 조그만 바늘잎이
온 산 노랗게 물들이는 것 보며

작은 것이 세상 바꾸는
이치 터득

금병산

세월에 밀려 나뭇가지에서 떨어진 낙엽
겨울 잠자리 찾아 차분히 가라앉았네

여름 더위 함께 이겨내며 정들었던 가지
떠나기 싫어 붙잡고 안간힘 쓰던 단풍

엄마 품 벗어난 어린 아이처럼
산비탈 이곳저곳 잠 못 이뤄 뒤척이더니

밤새 내린 늦가을 단비 촉촉이 맞으며
그제사 생성소멸의 자연 이치 깨달았는지

편한 모습으로 조용히 겨울잠 들었네
봄날 와도 깨어나지 못할 영면인 줄 알면서

깊은 겨울잠 차분히 가라앉은 금병산 자락
시간의 틈새에 잠든 낙엽 숲 위로
능선 넘어 뛰는 고라니 한 마리 정적을 깨네

소나무

파릇파릇 소나무 물올랐네
작은 새순에

춥고 긴 겨울 추위
잘 이기고

희망을 색칠한
파란 소나무

펌프도 안 가졌는데
물 올리는 걸
어디서 어떻게 배웠을까?

파릇파릇
싱싱하게 물오른
푸른 소나무

청풍명월(淸風明月)

아내 치병 잠시 쉬려
오랜만 청풍명월 나들이

충주호 기슭 청풍명월 천지
벚꽃 만개 온통 꽃 세상

긴 겨울 견뎌낸 꽃들 아름다움 뽐내려
하늘 빈틈없이 빽빽하게 얼굴 내밀어

온 세상 불 켠 듯 환하게 밝아지니
밝은 세상 보는 마음 편안한 가득

나처럼 이렇게 웃어보라며
더 환하게 손님을 부르는 꽃들

벚나무 밑 둘러앉은 술잔에 꽃잎 사뿐 내려앉으니
즐겁고 기쁜 마음에 향긋한 꽃술 부으며 덕담 한마디

花無十日紅이요 紅小綠長이라
꽃잎도 있을 자리와 떠날 때를 아는구나

간질간질 얼굴에 떨어지는 꽃비에 젖어
뼈마디 물러 터지도록 흠뻑 마시고 싶은 충동

청풍명월 환하게 밝힌 벚꽃 무리처럼
우리 인생도 아름다운 동행이기를

금비 단비

잠결 지붕 때리는 굵은 빗방울 소리
아! 금비 단비! 나도 모르게 탄성

이른 봄 산 흙 넣어 만든 약용식물 모둠 텃밭
어린 묘목 새싹 드디어 파릇파릇 고개를 든다

봄 가뭄 한낮 땡볕에 물 한 방울 꿈꾸며
고개 떨구고 시들시들 얼마나 목말랐을까?

개울물 양수기로 퍼 올려
시드는 나무에 물 흠뻑 주어도
잠시 잎 통통 가지 싱싱

금비 단비!
자연이 주는 선물 얼마나 고맙고 감사한지
괜시리 촉촉해지는 내 마음

세상 모든 것

싱싱하게 살아나는 기분

비 맞으며 싱글벙글
좋아하고 있을 새싹들

덩달아 나도 즐거운 하루
금비, 단비 내리는 날

넷

가족, 미래, 청록원(清綠園) 꿈

淸錄園 꿈

그냥 지나치면 눈에 띄지 않는
이름 모를 풀꽃

찬바람에 주눅 들지 않고
봄 전하며 제 역할 다하듯

아로니아 오미자 새싹 움틔우고
백합 철쭉 산목련 신선초 꽃 피워

벌 나비 모여 노래하며 춤추고
자연으로 어우러진 청록의 땅

소유 아닌 나눔과 배려로 살아가는
이름 없는 순박한 농부

진솔된 꿈 현실 되는 날
대자연과 긴 호흡 맞추며
소박한 농부 꿈 노래 불러 보리라

淸錄園 봄노래

청록원 벽난로 가득 장작불 활활
늦추위 몸 녹이며 자연에 푹 빠져
아내와 함께 따스한 장작불 테라피

꽁꽁 얼어붙은 얼음 속 맑은 물소리
가만히 귀 대고 들어보니
봄을 부르는 바윗돌 속 노랫소리

일찍 겨울잠 깬 하얀 민들레
쌀쌀한 바람 속 햇살 찾아
뻗어 오르는 잎사귀 속 움트는 생명

모진 삭풍 참아내며
봄 준비한 홍매화
연분홍 꽃 피울 준비에 분주

자연은 다가오는 봄 준비 이렇게도 바쁜데
내 마음만 봄 준비 미처 못 했나 보다

부지런히 마음 열어 봄 준비해야지

힘차게 자신 있게 뛰쳐 내려오는 계곡물
강 하구에서 숨죽이며 바다에 흘러들듯
청록원 자연에 몸 맡기는 새봄 열어야지

봄꽃

청록원 봄 뜰 환한 얼굴로 인사하는 꽃
하얀 민들레, 보라색 제비꽃, 노랑 냉이꽃

봄바람에 잠깬 꽃들 분주하게 한 해 시작
긴 겨울잠 어떻게 참아 냈는지

아침저녁 찬바람 이겨내는 꽃처럼
청록원 사람들 웃음꽃 피는 새봄 되길

우린 서로 사랑하며 웃음 인사 나누자
서로 웃으며 사랑하면 언제나 봄이니까

청록원 이른 봄 밝은 색으로 웃는 꽃
환하게 핀 꽃보다 아름다운 얼굴들

올 한 해 꽃도 사람도
웃음 가득한 청록원으로 거듭나기를

자연은 기적의 배움터

청록원 가을을 아름답게 물들인 고운 단풍잎
단풍잎 사이로 스며드는 따가운 가을 햇살
아름다운 단풍 옷 타버릴까 가슴 두근두근

가을에 밀려 떠나보낸 여름 너무 아쉬워
땅바닥 납작 엎드려 한밤 서리 피하며
시련 끝에 피어낸 조그만 꽃 당당한 미소

가을 찬바람에 떨고 있는 단풍잎 위안하려
찬 서리 이기고 활짝 웃는 늦가을 작은 꽃
불타는 단풍 무대 아름다운 페스티벌 향연

수확 갓 끝난 텃밭 구석구석 때 아닌 아름다운 꽃무리
가진 것 내려놓으려 마지막 불태우는 단풍의 열정

단풍처럼 자신을 비우는 열정 내게도 있기를
청록원 안주인 건강 기도하며 봄 준비를 시작하네

늦가을 차가운 밤 지새며 아름다움 피워낸 작은 꽃
어려움 이기며 살아가는 자연의 기적
아내와 함께하기를 간망하는 마음으로 기도

불타는 단풍가지 새눈 보며 아내 건강 상상
밤 추위 이기는 때늦은 꽃들 향연에 기적을 꿈꾸며
아름다운 모습으로 떠나는 단풍 한 해 마무리

기적은 늘 내 가까이에서
일상의 작고 하찮은 것에서

휴휴(休休) 淸錄園

청록원!
맑은 계곡 시원한 바람

자연스레 해맑게 피어나는 꽃봉오리
볼 빨갛게 수줍은 토마토

팔월 뙤약볕에 검게 그을린 가지
날마다 새록새록 커가는 케일

노동으로 흘리는 땀
밭곡식 돌보며 흘리는 땀

땀 흘리는 힘든 일
놀이로 만들어 즐기니

농사일도 休
노동도 休
땀 흘림도 休

행복 에너지 샘솟는 가족 쉼터
자연 속 휴휴 공간 청록원

清綠園 가을

가을은 언제나 성큼 다가오나 보다

가을걷이와 조경 작업 바쁜 틈새
잠시 머리 들어 하늘을 보니
티 하나 없이 맑은 파란 가을 하늘

겨울바람 연습이나 하듯
거센 바람 불어대니

이리 저리 뒹굴다 한구석에
수북이 쌓이는 낙엽

엊그제까지 아름답던 단풍
한순간에 와르르 무너져 내리고

앙상한 나뭇가지 홀로 서러움에
윙윙 소리 내며 울어댄다

야콘 캐고 비닐 벗겨 정리하니
한 해 농사도 이렇게 마무리

밭일 끝내고 조경작업으로
어수선한 마당 정리하니

긍정 에너지 가득한
아름다운 가족 쉼터

바쁘게 시작했던 한 해가
왔던 것처럼 다시 떠나가네

한번 떠나간 순간의 세월은
절대로 다시 돌아오지 않지만

청록원 자연의 모든 순간순간은
우리 가족의 아름다운 영원으로 이어진다

청록원 소나타

졸졸 콸콸콸 돌틈서 들리는 봄 소리
꽁꽁 겨울 속 잠들어 있던 얼음이
봄 여행 떠나며 부르는 희망 노래

한나절 화사한 봄 햇살 내려앉아
맑은 물속 살금살금 간질이니

겨울잠 깬 금모래 은모래
맑은 물로 샤워하고
때굴때굴 봄나들이

꽁꽁 겨울잠 속 곤한 대지
탁한 영혼 씻겨 내리며

봄 불러오는 계곡 소나타
돌 속에서 울려 퍼지는 봄노래

만남

봄은 어디서 오는 걸까?
며칠 사이 봄이 소리 없이 대지를 품었네

몇 번이나 더 너와 함께하겠니?
난치성 장애우 아내와 동행

비지땀 흘리는 바쁜 마음이
이른 봄을 쉴 새 없이 캔다

봄이 왔다 가듯
만남과 이별도 왔다 가지

봄볕 뜰 한가운데 휠체어 아내
화사한 봄 햇살 만나 환한 웃음

힘들어도 당신 있어
늘 즐겁고 행복해

오늘도 이별 없는 만남

찾아 헤매는 바보

새 희망가

시원한 바람
맑은 공기

생명이
움트고 자라는
자연 속 쉼터

생각 불러다 꿈 키우는
행복 쉼터 청록원

내 몸처럼 돌보며 도와주면
싱싱하게 잘 자라는 작물들

땀 흘려 일할 수 있는 일터
무엇을 둘러봐도 온통 고마운 것뿐!

녹색 물결 속 긍정과 열정
희망과 꿈이 자라는
키움의 터전 청록원

참 좋은 날 I

드름산 의암봉 시원한 전망대
발아래 춘천호 그 너머
한눈에 잡히는 시내 풍경

지난겨울 혹한 딸 쾌유 기원하며
언젠가는 딸과 올라 바라보는
그 상상으로 간절하게 이겨냈지

돌탑에 소망석 하나씩 올리며
딸에 희망 담아 보냈지

너는 꼭 오늘을 이기고 나을 거라고
희망의 끈 꼭 잡고 아빠와 함께하자고

윙윙 찬바람 볼 빨갛게 얼던 날
활짝 웃는 딸과 전망대 서게 해 달라던
간절한 기도 헛되지 않았네

오늘 딸과 함께 전망대 오르니

참 좋구나, 정말 좋구나

오늘은 참 좋은 날

정말 좋은 날

참 좋은 날 Ⅱ

모레면 며느리 아들 캐나다 연수 떠나는 날
네 식구 함께 간다니 얼마나 좋은가

온 집안 모두 모여 환송연 떠들썩
모두 캐나다 가는 마음으로 붕

어른들은 요즘 살아가는 이야기
아이들은 깔깔대며 장난감 놀이

일 년 후 다시 만날 아쉬움
따뜻한 덕담 뒤 숨어 언뜻언뜻
그래도 즐거운 하루

한 가족 한 형제 이렇게 좋구나!
오늘은 참 좋은 날 정말 좋은 날

행복한 미소

알록달록 단풍 춤추는 공지천 물결
가을 햇살 나들이길 젊은 엄마

아장아장 어린 아들 손잡고
더 이상 없는 행복한 미소

무한한 사랑과 행복
한가득 담은 엄마 얼굴

내 아내에게도 더욱 빛나는
부모 시절 있었지?

그때 딸 아들이 엄마에게 준 기쁨
지금까지 되새김질하며

행복한 미소 환한 얼굴로
언제나 감사하는 마음 안고 살아가지

엄마 마음

이른 새벽 잠자리 깨어 고개 들면
좋은 하루 선물이 우리를 기다려

응응 소리 내는 잠깬 아내에게 살며시
어제 딸 아들 보니 기분 참 좋았지?

대답 없이 조용한 새벽
말 못 해도 다 알아

어젯밤 딸 얼굴 보는 순간
스쳐 지나가는 엄마의 밝은 얼굴

다들 모르지만 나는 알아챘지
당신 마음속 떠오르는 기쁨

딸이 건강해진 몸으로 엄마 보러 왔네
그동안 궁금하기도 불안하기도 했겠지

일단 마음 놓아도 될 것 같은
엄마 마음 얼마나 좋은지

불편한 엄마 보듬어 안으며
모든 것 이기고 잘 치유하자며

엄마 곁 못 떠나는 딸 아들
모든 게 다 고맙고 정겨워라

눈처럼

소리 없이 소복소복 쌓이는 하얀 눈처럼
딸에게 소복소복 건강 쌓였으면

추운 날 포근함 안고 온 보드라운 눈처럼
따뜻한 마음 포근함이 딸 가슴에 가득하길

찬 바람 흔들리는 나뭇가지 감싸 안은 눈처럼
면역력 강한 세포가 지친 딸 감싸 주었으면

겨울 가뭄 목마른 나무 촉촉이 적셔주는 눈처럼
건강한 세포가 몸 촉촉이 적셔 건강 찾기를

봄눈 녹고 나면 여름 싱그러운 대지 살아나듯
나쁜 세포 모두 녹아 예전 건강 되살아나기를

소복소복 쌓이는 눈처럼
너에게 건강이라는 선물이 소복소복 쌓여라

힘내라! 힘!

딸에게 건강 주는 눈이 펄펄 날린다

볼 빨간 도토리

겨울바람 가랑잎 쓸고 간 자리
볼 빨간 겨울 도토리 한 알

야들야들 파들파들 윤기 잘잘
약성 좋다는 도토리묵 생각에
노란 가랑잎 손으로 긁어내며

보물찾기하듯 주워 모은
볼 빨간 겨울 도토리

간절히 원하면 이루어진다며
피그말리온 효과 학수고대

무엇이든 생각하는 대로 되니까
플라세보 효과 기대

한 알 한 알 한 움큼
철 늦은 겨울 도토리 줍기

아이들 꽃

청록원 봄날 공기 상콤달콤
화사하게 만발한 매화꽃 향기

자두 꽃이 신기할 정도로
토해내는 진한 토종꿀 향기

꿀 따는 벌 날갯짓 소리
노래되어 청록원 뜰에 흐른다

들꽃, 과일 꽃, 농작물 꽃
한 해 내내 피고 지는 청록원

3월은 양지쪽에 보라색 제비꽃
부끄러운 듯 얼굴 숨겨도 보랏빛 새어나고
흰 민들레와 냉이꽃도 질세라 봄기운 틔우고

4월은 진달래, 산벚, 조팝나무 꽃으로 환하고
5월에는 병꽃 고추나무꽃 오미자 철쭉꽃이 화창

여름철에는 오이, 호박, 토마토 등 농작물 꽃 피어나고
가을 되면 청록원 계곡 뒤덮는 국화꽃 신선초 돼지감자 노랑꽃

일 년 내내 피고 지는 꽃 향연
신록 속 아름다운 꽃밭에서 뛰노는 아이들

아이들이 더 아름다운 우리 꽃
시들지 않는 사람 꽃

아이들 꽃아 피어라
활짝
환하게

대룡산

대룡산 오름 중턱 길
어느새 와 있는 깊은 가을
겨울에 밀려 떠날 준비 바빠

노란빛 빨간빛 깊어 갈수록
삭풍에 헤어짐이 더욱 힘들어
사랑과 이별 노래 부르는 단풍

여름내 자기 몫 다한 것도 모자라
자신 몸 썩혀 거름되어 주려고
능선 넘어 어딘가 뒹굴며 날리는 낙엽

발가벗은 나뭇가지 걸린 뽀얀 안개
숲 속 깊은 곳 파고드는 따스한 아침 빛살로
몸 데워가며 밤새 고통 치유하는 나무들

오르던 길 잠시 멈추고 뒤돌아보니
귓전에 들리는 바삭바삭 바삭바삭

아내 낙엽 밟는 소리 들리는 듯

왕성한 대룡산 정기 한 아름 안고
아내와 함께 동반 오름 하고픈 마음

안개 이불 덮고 늦잠 든 숲 깨우는
눈부신 아침 햇살 온몸 가득 품고
벌써 아내 곁에 달려가 있는 내 마음

새 아침

새 아침!
새 출발
눈뜨며 감사

하루 선물 공손히 두 손으로 받아
긍정적이고 즐거운 생각으로
하루 일과 설계에 힘 다하고

비전과 꿈 성취하는 명상
사랑 듬뿍 새날 하루 시작
나누고 배려하며 베푸는 아름다운 하루

남은 생애
마지막 그날처럼

기도

새날이 밝아 온다
어둠 헤치고

세상 온갖 것 가득 품고
조그만 대가도 바라지 않으며

우리에 빛 한 아름
따스한 마음 한 아름 선물

고통 이기며 긍정적으로 투병하는 아내에게
평화와 용기 주고자 새 날이 온다.

할머니 보러온 손자 해맑은 얼굴
눈썰매 즐거운 하루 선물 주려고

우리 가정에 따스한 햇볕 선물
한 가득 채워 주려고

새날이
밝아 온다

축복 가득한
새날이

해오름

밤새 별빛 쏟아지던 찬란한 밤
만남의 상징 달빛이 유난히 밝던 밤

어두움 그림자 꼬리 드리운 새벽
어느 쪽이 동쪽인지 알 수 없는 뱃전 해맞이

러시아 영해 Estern Dream 페리 갑판
순수한 자연바람이 바다와 하늘 닦아내니

먼 바다 한쪽 발갛게 달아오르는
고운 해님 얼굴 살포시 아침 인사

붉은 태양아 쑥쑥 솟아라
세상 fun하게 밝힐 태양아

솟아라 솟아라 힘차게 더 밝게
새날 새 아침 새 마음 젊은 해님 맞이

다섯

아내 글(말방 카페)

가을은 오는데

저만치 가을이 오고 있다.
더위로 지친 마음은
땀으로 젖은 옷을 갈아입지도 못했는데…

그렇게 집을 나섰고…
유리창으로 스치는 가을 풍경이
내 살아온 세월만큼이나 빠르게 지나간다.

하늘거리는 코스모스 꽃잎이 어찌 그리도 고운지
얼굴에 와 닿는 가을햇살이 눈부셔
반쯤 감은 눈으로
가을을 맞는다.

수없이 지나쳤을 가을이건만
난,
내 눈엔
내 가슴엔
이제서야 가을이 보이는 것을…

아~!
가을 하늘을 닮은 푸른 바다
답답하던 가슴이 탁~ 트이는 듯
"바다야, 파도가 왔어~"

거긴,
내 나이 서른다섯의 추억도 기다리고…
넘어가던 그 웃음도 남아 있었다.
내 나이 서른다섯~

이제부터 난 서른다섯
서른다섯 살 파도라고 불러주세요~

친구들아,
그렇게 살자.
젊은 언니처럼…

아들에게 보낸 편지

2006. 2. 1

설 연휴가 끝나고
일상으로 돌아가서 지금쯤은 많이 바쁠 테지?

전화기를 들었다가…
이렇게 편지를 쓴단다.

명절에 많이 힘들었지?
엄마 또한 주방일보다도
너희들 얼굴 보는 게 더 힘들었는지도 모르겠구나.
무슨 일이 있었니?
물론 물어봤자 대답할 아들이 아니란 걸 잘 알지만…

호영아!
이젠 혼자가 아니란 걸 명심해야 하는 것도 잘 알지?
뭔 일인지는 몰라도…
지난 이야기 하나 들려 줄게.

엄마가 철없던 시절에

명절이면 시댁에 오는 게 젤 무섭고 싫었단다.

어린 널 등에 업고 그 많은 일을 감당해야 하는 게 너무 힘들었

거든.

맏아들인 아빠는 그렇게 살아야 되는 줄 알았고…

시엄니는 왜 그리도 미웠던지…

혜원이 또한

살아온 환경이 다르고 정서가 다른데

얼마나 힘들겠니?

물론 나도 애는 쓰지만… 아무리 잘해도

시어머니가 친정엄마가 될 수는 없는 거란다.

그러니 호영아,

니 고집만 부릴 게 아니라

혜원이를 이해하려무나.

하자는 대로 해주고…

가까운 사람에게 받은 상처는 깊고 또 오래가는 거란다.

절대로 상처 주지 마라.

그렇게 세월이 가고

아이들이 하나, 둘 생기면 그땐 저절로 우리 사람이 된단다.

호영아, 우리 이해하고… 감싸주고… 그리고 모든 걸 받아주자.

우린 가족이니까~

엄마가 무슨 말을 하는지… 무엇을 말하고 싶은지… 알지?
그래, 내가 바라는 건
너희들 사이좋게 사는 거란다.
다음엔 이쁜 모습 기대할게.

오늘도 좋은 하루 되길…

친구야

고마운 내 친구
사랑하는 내 친구
우리 비록 사이버란 공간에서 만났지만

그 어떤 세월을 같이 한 만큼 마음이 통하고 정을 느끼는
그런 친구가 되어 버렸구나.
이쁜 내 친구

우린 마치 첫눈에 반해버린 연인 같다.
고마워~
앞으로도 우리 이 우정 변함없이 간직하도록
서로 노력하자.

난 지금 네가 너무 소중해서
잃어버릴까 두려워 누가 볼까 두려워.
몰래…
널 꺼내본다.

사랑해 친구야.

부부란?

잣죽을 끓여, 속눈썹을 휘날리며 달린다.
2년 넘게 투병 중이신 울 시아버지 드리려고…

때론 짜증도 나지만
어쩌랴.
이것두 내 팔자인 것을… 그저 복종할 수밖에.

며칠 전부터 화장실 출입이 어려운지라
휠체어를 밀고 들어갔는데…

차마 시아버지 꼬치를 볼 수는 없는 일
눈 딱 감고 바지를 내렸지

몽롱한 중에도 안 되겠던지 날 보고 나가라신다.
못 이기는 척 문을 닫는 순간
"쿵~!"
화장실 바닥에 그만…

좁은 공간에서 시아버지와 며느리가 실랑이를 했다
얼굴은 옆으로 꼬고
으… 끔찍한 순간이었지

안 되겠다 싶어서… 많은 생각을 했는데…
간병인을 쓰기로 마음먹었다.
쥐꼬리만 한 월급에 부담이 없는 건 아니지만
부모님에 대한 자식으로서의 마지막 효도라고.

나 혼자 결정하고 간병인을 불렀다.
문제는 여기서부터,

시어머니가 펄펄 뛰시는 거다.
젊은 간병 아주머니를 보시는 순간

"안 내놓을 거야."
"내가 다 할 거야."

할 말을 잃었다
당신 몸도 못 추스르면서…
다 늙고 병든 영감,
젊은 여자가 만지면 어떻고 주무르면 어때서…

지지고 볶든지 말든지…
병실 문을 나섰다.

부부란?
그래 저런 걸 부부라고 하는 걸까?

사랑이 채워지면

사람이 보는 눈은 두 가지

그냥 보는 눈은
돌멩이에 차였다고 돌을 파 없애버리고
벌레들이 징그럽다고 짓이겨 뭉개고
예쁜 꽃도 성가시다고 잘라버리고
이웃 사람 싫다고 눈 흘긴답니다.

사랑으로 보는 눈은
돌멩이에 차여도 내 탓이라 하고
벌래가 꿈틀대도 생명이라 귀엽고
예쁜 꽃도 물 뿌려 곱게 화장시키고
미운 사람 옆에 가서 팔짱 낀답니다.

그뿐인가
도로표지판 길 안내해 주니 고맙다 하고
가로등 밤길 비춰주니 고맙다 하고
검문하는 순경 수고 많다 인사하고

추월하는 차 어서 가라고 양보하고
맴맴 매미소리, 찌르르 귀뚜라미 소리도
오선지 위의 교향곡으로 보인답니다.

마음 안에 사랑이 채워지면
모두가 그렇게 보인다고 하는데
아! 내 마음 안에는
얼마나 사랑이 채워졌을까?

새끼가 뭔지?

지난 토요일
강원방 모임을 하고
일요일 아침 해장국으로 속을 달랜 후
"음주가무"로 피로한 몸을 쉴 새도 없이
딸의 숨넘어가는 소리에…
설거지하던 고무장갑을 벗어 던지고, 대전행 버스에 몸을 실었다.
밤 아홉 시가 넘어 충남대 병원 응급실에 도착하니,
감기로 열이 펄펄 끓는 똥강아지들의 까만 눈동자가 할미를 반긴다.
다행히 별 탈 없이…

새끼가 뭔지…?
대학을 보내면 끝인가 했더니
시집을 보내면 끝인가 했더니

산 넘어 산, 한도 끝도 없더라.
사위 생일에…
똥강아지들 백일, 돌
틈만 나면 바리바리 싸서 주워 싣고 대전으로 달렸다.

대전 차 번호만 봐도 그저 반가워서…

내 탓인 걸 어쩌랴.
"공부해라"만 했지 살림하는 건 한 번도 가르쳐 준 적이 없으니…

"넘어진 김에 쉬어 간다"고 시집살이가 힘들고
여행이라도 떠나고 싶은 날이면 대전을 찾았다.

유성온천이며,
동학사 가는 길에 카페,
손녀딸과 걷던 미술관 앞길…

머지않아 이제 서울로 이사를 간단다.
서운해서 어쩌나…

기웃거리던 대전방,
낼 모임도 한다던데…
김장만 아니면 들러가련만.

대전, 충청방 친구들아
낼 정기모임 잘하고
담에 강원방 친구들과 쪼인(?) 한번 하자.

안녕.

시어머니 생신

시어머니 생신에…
내 가슴이 시린 건 왜일까?

설거지도 미룬 채
빈 상에 앉아
소주 한 잔 마시고 나니

"웃고 있어도 눈물이 난다"
노래 가사가 절로 나오고…
흘러간 세월이 미워라~

스물한 살 철없던 며느리
정수리 서리를 맞고서야
재롱잔치 준비를 한다.

엄니도 시엄니~
며늘도 시엄니~

오늘은,
쑥부쟁이가 하늘거리는
고속도로를 달려볼까.

점심은 아주 근사한 것으로…
시어머니랑 며느리랑~

엄니,
아프지 말구… 오래 사세요.

엄니,
사랑해요.

54 말방 카페

밤 10시 30분

언제나 그랬듯이 잠자리에 든다.

불도 모두 *끄고…*

고개를 옆으로 꼬고 발뒤꿈치를 끌면서 남편을 따라 방으로 들어간다.

눕자마자

"요즘 왜 이리 잠이 오나 몰러… 갱년기 증후군인가?"

규칙적인 호흡을 한다.

하나… 두울… 박자를 맞춰서…

손가락 하나 움직여도 안 되고 호흡이 불규칙해서도 절대 안 된다.

시간이 얼마쯤 흐르면…

드디어 약간의 코 고는 소리가,

그로부터 약 5분,

살금살금 기어서 문을 살짝 고

방심은 금물,

소파에 앉아 5분을 숨죽이고…

남편이 눈치라도 채는 날엔 붙잡혀 들어가야 한다.

기척이 없다.

성공! 이제부터 행동 개시!

컴 켜고, 텔레비전 켜고, 볼륨은 최소,

54말띠 방,

힘차게 노크를 하고 들어선다.

우선, 신입회원 인사방부터…

누가 왔나…? 뭘 하느라 이제 왔남.

다음은 접속자 명단,

아니, 모두 어디로 간 건가?

꿈돌이는 결혼기념일이라고 이장댁에 부탁혀서 광고를 하더만…

옆지기 생갈비 사주러 갔구만,

하얀파도 말대로 몸으로 때우고 말 일이지…

그러는 하얀파돈?

아마… 노래방서 소주병 주둥이 입에 물고 있겠지 뭐.

글고, 왕바위?

온 천지가 시끄럽게 화려한 입성을 하더만.

본 지가… 까마네.

어디로 간 건가?

이슬인? 모르긴 해도 남편하고 연속극 보면서 재롱떨구 있겠지 뭐.

에라, 해외방으로 가볼까?

베레모? 새 옷 얻어 입고서 쥬뗌므 집에 자랑 가더니 아예 저녁까지 묵고 오나부다.

모노강? 내 얼마나 가슴 졸이며 걱정했는데… 건강하구나 고마워.

글고 동트는 언덕? 복채 안 주고 나오다 넘어졌더니 메롱~메롱~

약 올렸지?

모두 다 어디로 간 걸까?

깊어가는 50해 가을에…

"니도 잠이 안 오니?"

아뿔사… 복병이 있는 걸 몰랐구나.

잠 안 온다며…

할망구 재우고 시아버님이 바짝 다가앉으신다.

우째 이런 일이…

"뭘 하냐? 이런 거 말구 고스톱이나 쳐 봐라."

아! 망했다.

말방이여! 안녕.

"왜 고스톱 안 허냐?"

"저녁 먹은 게 소화가 안 돼서요."

고개를 옆으로 꼬고 발뒤꿈치를 끌면서…

남편이 잠든 옆으로 간다.

"아버님, 존~ 밤 ~되~ 세~ 여~"

새 며느리에게 보낸 편지

날씨도 더운데…
잘 지내지?

춘천도 어찌나 더운지
오늘 같은 날엔 해운대의 그 멋진 모래사장
출렁이던 파도며…
며느리 덕분에 참 호강했던 날들이 생각난다.

또한,
보내준 그 초대장은
종일을 설레게 했고…

그러나 혜원아~
홈피는 친구들과의 "만남의 장소"인데
시어머니가 출현하면 그 친구들이 얼마나 흉을 보겠니.
주책없는 시어머니가 되기엔
나,
아직은 젊지 않니?

코빼기도 볼 수 없는 고넘(호영)의
일거수일투족을 확인도 할 수 있고
아들 며느리 근황도 알 수 있구…
생각할수록 군침이 땡기지만…

그러나 혜원아~
철없는 시엄니 되는 거 나 싫다.

멋진 시오마니로 남고 싶은 게 솔직한 내 심정이고
살면서…
시집살이로 살아오면서
내가 싫었던 건 절대로
내 며느리한테 남겨주고 싶지 않단다.

그러니 혜원아~
갈등했을 그 마음에 미안함을 전할게.
초대장을 보내기까지 맘고생을 얼마나 했을까.
미안하다.
미처 헤아리지 못해서 정말 미안하구나.

서로의 안부가 그리운 날이면
이렇게 편지를 쓰면 될 테고…
그래도 보고 싶으면 전화하면 되지 뭐~ 그치?

이쁜 혜원아~

고맙고… 늘 건강하길 바란다.

만남

세월은
그렇게 가는데
우린
무엇을

누굴
기다림일까?

보고 싶다.
친구들~

보고 싶다는 그 이유만으로
우리
만날 수 있을까?

만나서
그냥 웃지 뭐~

아름다운 모습을 보았습니다

진정 아름다운 모습을 보았습니다.

반질반질 손때 묻은 정겨운 살림살이

깔끔한 자기모습대로~ 구석구석

정리 정돈된 모든 가재도구 수많은 서재의 책들

훌륭하게… 너무도 반듯하게 잘 키운 자식들의 흔적 어쩜 그리도

엄마의 역할을 훌륭히도 해냈는지 난 그저 혀를 내두를 뿐

노 시모님을 모시는 그 편안함이 어찌 그리 아름답던지

우리나라 최고 학부를 그것도 최고로 우수하게 두 자녀를 졸업시키

고 다음 달 맞아들이는 며느리는 여판사라.

화려하지는 않았지만 소박한 그녀의 모습과

소탈하지만 우아함이 곁들여진 그녀를 오늘 난 만나고 왔습니다.

결코 거만하지 않고

너무도 편안한 그녀 그녀는 내 친구입니다.

춘천에서 강촌까지 차를 가지고 행여 헤맬까… 마중 나온 자상한

그녀

춘천의 명물 닭갈비와 근사한 카페에서의 카푸치노

난 영원히 오늘을 못 잊을겁니다.

서울로 돌아오는 길목까지 에스코트 해주고도 그녀는 한참을

가는 친구를 지켜보며 배웅하는 배려를 잊지 아니하였습니다.

사랑하는 친구여~!

그대를 친구로 갖게 된 난 지금 최고의 행운녀입니다.

그대의 모습 절반이라도 닮았으면.

난 지금 너무 행복해 홀로 축배를 들고 있습니다.

사랑하는 친구~

오늘 너무 즐거웠고

너무 고마웠어.

사랑해.

너를 진짜 사랑하게 된 것을 자랑스럽게 생각하는 스마일퀸이

인생

시아버지 보내드린 지 석 달
시엄니 입원시킨 지 닷새

장염이라나…
간병인을 뒀는데
맨날 싸우고 난리 부르스

어제는
간병 아지매 쫓아내면 알아서 해요.
공갈협박 잔뜩 해 놓고 왔는데…

어찌 됐는지
나도 모르겠다.
실실 병원으로 가 봐야지.

요즘
이렇게 산다오.

이제 좀 살만한데…
또 시작이야~

이렇게 늙어가겠지?
내 인생도

누구…
없니
소주 한 잔에 행복할 텐데

화진포 번개

파도를 부른다는데
가야지~
가진항 물회집에는
화순이와 그 신랑이 기다리고 있었다.
흐미
한 눈에 "멋진 남자"란 걸
부끄러워서 비비 꼬는 것도 잠깐
이슬이 두 잔이 돌고 나니…

친구 남편인지, 말방 친구인지, 도무지 헷갈려서리
내숭을 떨기엔
내가 너무 늙은 탓일까?

출발할 때엔
물회 한 그릇만 비울 생각이었는데

"화진포로 가자"
화순이와 신랑은 나보다 더 나를 잘 알고 계셨기에

쪽빛 바다
넘실대는 파도
끝없이 펼쳐지는 저 넓은 바다여.

비 오는 날
텅 빈 바다 그 모래사장엔
두고 간 내 추억이 나를 반긴다.
"나 잡아 봐라~"

맨발로 말처럼 뛰고 뛰었다.
세일이가 찍었다는 사진에는
화순이 그 신랑이와 나란히 찍은 맨발뿐
하하하하하하~
웃어두 웃어두…끝없는 웃음이여.

그냥 헤어질 수 없다며
바닷가 횟집에서 또 한 잔
세일이와 화순이는 운전을 해야 했고
세일이 옆지기는 아직 "새댁"이라

친구 남편과 단 둘이 마실 수밖에
꼬물대는 성게며…이름도 모르는 싱싱한 회…(꼴깍)

"성숙아~ 한잔 혀~"
"네, 네"

꼼짝없이 붙잡힌 성숙이
한껏 재롱을 떨면서…

돌아오는 길
깊은 잠에 빠져 행복한 꿈
화순이가 바리바리 싸준 아이스박스를 품에 안고서

두런두런…
세일이 부부의 얘기소리가
꿈속인 듯.

여행

오십 하고도
두 살이나 더 보태고 나니

가슴에 남는 건
텅 빈 둥지뿐…

돌아보니
아무것도 잡히는 것 없고

그렇게 삼십 년이 훌쩍 가 버렸다.
행복에 겹다지만

가끔은
타박타박 오솔길 걷는다.

"열심히 일한 당신 떠나라~"

여행 다녀와서
번개 쳐야지.

아들 집

장가보내고
처음으로 아들 집 찾았지.

우아한 시어머니 노릇하려고
걸음걸이도 사뿐사뿐

잠자리가 바뀐 탓에
밤새 한잠 못 자고

새벽에 거울 보니
충혈된 눈이 볼만하더군.

자는 남편 깨워서 몰래 아들집 탈출
일산 딸 집에 갔더니

"우째 이런 일이~"
놀라는 딸내미 얼굴이 더 볼만했지.

결국 아들한테 붙잡혀
새 며느리한테 아침을 얻어먹기는 했는데

장염을… 죽어라 앓고
젠장, 우아한 시어머니

아서라
살던 대로 살련다.

화진포 바닷가서 출렁이는
파도처럼

번개

비 오는 날 번개
생각만 해도…

아침부터 분주하게 움직인다.
평소 15분이면 끝나는 화장
오늘은 30분씩이나
바르고 두드리고
입술은 무려 세 번이나 덧칠

잼버리 도로 달려 동면 용바위까지
마음은 아직 이팔청춘인 것을
급한 마음에 뛰고 있었다.

문을 열고 들어서는데…
활짝 웃는 세일이
또 한 사람
옆지기

"언니~"

살랑거리며 핸드백 대각선으로 메고
들어서던 나

"오랜만이네요"

이때부터 우린 동동주에 보쌈, 총떡까지
주거니 받거니

화순이 생일날에 취하는 것 우리 몫이었으니

"화순이 생일 잘 먹었다"

비 오는 날 번개
끝

이런 날이면

바람 불어
알 수도 없는 외로움이 날 흔든다.
혼자 마시는 한 잔의 술
낸들
고독한 날 없으랴~!
이런 날
어떻게 살았길래
함께 마실 친구도 없는 걸까?

사랑 타령에 날 저무는 친구들아~!

"한 잔 할래?"

물어나 봤니?
먼 데서 찾지 말고 있는 놈이나 챙겨주지…

오늘
거의 한 달 만에

시아버님 퇴원시키구 눈물이 났다.
스물한 살에 시집오니

마흔아홉이시던 그 시아버님
내 남편보다 더 중후하셨던 그분
30여 년…앙상한 모습이 나를 슬프게 한다.

이런 날이면
누군가와 쓴 소주잔을 기울이고 싶은데…
아무도 없구나.

회식이라며 소식 없는 남편두 밉구
그토록 믿었던 친구넘들도 밉구
너희가

"게 맛을 알어???"

허구헌 날
해해대구 생글거리는
내 깊은 맘을 알기냐 하냐고

이런 날
적어도 한 잔 정도는 사야 하는 거 아니냐?

남들은 행복에 겹다 하겠지만
난 늘
혼자였지.

그래 난 혼자였어.
혼자 마시는 술도
그런대로 마실 만하다고요.

이 밤
편히 쉬시게.

한잔 마신 날

비도 오는데…
한 잔 마셨지요.
오늘
시아부지 연미사 드렸거든요.
미사 드리는 도중
내내 울 어머니
우시더라고요.
같이 울었어요.
나도 여자이니까요.
철없던 스물한 살
발목 잡혀
그렇게 내 시집살이
시작됐고요.

고해성사 보는데
눈물이 앞을 가렸어요.

시아버지 기저귀 갈아드리는 거
민망해서

고모님께 간병 맡기고
놀았거든요.

사우나에서
맨날 놀면서
하루 한 번
얼굴만 내밀었어요.

돌아가시던 날도
중환자실 앞에 우두커니 앉아 있다가
면회 시간 되어 들어가니
막…돌아가셨더라고요.
통곡했어요.
어떻게 그럴 수 있냐고…
간다고…
말은 하고 가야지…
함께 살아온 세월이 얼만데…

못된 시아버지
회한만 남기구
그렇게 가두 되니?
말 좀 해요, 시아부지 넘아.

월급쟁이 남편하고 주말 부부할 때

마음이 울적할 때면

"아부지 ~통닭 드실래요~~?"
"그러지 뭐"

거실 바닥에 신문지 널찍하게 펴곤
캔맥주 두 개
통닭 한 마리
며느리는 캔맥주
시아버지는 통닭 한 마리
시어머니 흉부터~ 남편 흉까지 주저리 주저리!
어쩌구 저쩌구

밀밭에두 못 가시는 우리 아버지는
며느리 술주정을 말없이 받아주셨지요.
남편보다도
내겐 더없이 다정했던 분.

시어머니 몰래
용돈도 쥐어 주시던 분
그런 아버지를 보냈어요.
땅속에 묻고 돌아와서 먹을 것 다 먹고
샐샐거리고…
오늘

남편 보구 한 잔 사 달라 했지요.
막걸리 두 잔 반 마셨는데
뿅~

아버지가 보고 싶어요.
이젠
누구한테 투정을 부리나요?
아부지,
대답 좀 해요.
아부지~

PS. 15년이 더 흐른 지금 난치성 병으로 손가락도 움직이기 어려운 아내가 동갑내기 친구들 말방 카페에 올렸던 글이 구석에서 나와 그 시절을 그리는 마음으로 글을 옮겼다. "시아부지 넘아"라고 표현할 정도로 내조를 잘했던 아내를 칭찬하면서 원안에 가깝게 정리해 모았다. 맏며느리로 부모님을 말없이 정말 잘 모셨으며 효부로 동네 칭송이 자자했던 며느리가 충분히 표현할 수 있는 다정다감한 어귀이다.

그렇게 표현할 수 있었던 아내의 그 모습,
아버지와 매일 커피 한잔 하고 가끔은 오목을 두는 모습을 보았던
그때 그 시절이 그립다.

희망, 사랑 그리고 꿈

모든 것은 사랑으로 해야 한다. 식물도 사랑스런 마음으로 가꿀 때 쑥쑥 자라고 열매가 잘 달린다. 작은 씨앗에 수분과 공기를 공급하여 생육환경을 적당히 맞추어 주면 어린 새싹이 신기하게도 두터운 흙을 뚫고 땅 위로 올라오며 강한 힘을 보인다. 농부는 수확의 기쁨도 있겠으나 작물이 자라는 것을 보는 재미로 힘든 줄도 모르고 열심히 일한다.

작년부터 집에서 멀리 떨어진 구성포까지 다니며 열심히 농장을 가꾸는 중이다. 나 역시 가을철 수확의 즐거움도 있겠지만 팔월의 높푸른 하늘을 깊숙이 찌르는 옥수수 개꼬리 위 고추잠자리를 보는 재미는 물론 엄나무 새순이 한 길씩 자라는 싱싱함을 보는 재미로 힘든 줄도 모르고 주말을 기다리게 된다.

원앙 한 쌍이 샘통 웅덩이에서 미꾸라지 물방개 사냥을 하던 불

모지 수렁논, 쓸모없던 땅을 동네사람들이 놀랄 정도의 좋은 밭으로 만들어 농사도 잘 되고 휴일을 보내기 편한 전원농장으로 만들겠다는 희망을 갖고 농업용 전기도 가설하고 2년간 정말 미친 듯 열심히 일을 하였다.

논을 처음 구했을 때 동네 할머니 이야기가 생각난다. "형근이네 논에는 서로 일을 가지 않으려고 했다."란다. 어쩌다 모를 내려가면 논바닥 자갈에 발바닥이 아프기 일쑤였고 수렁논이라 소도 빠져 쟁기질도 할 수 없고 경운기도 가지 못하며 모를 심는 사람도 허벅지까지 수렁에 빠지니 서로 품앗이를 가지 않으려 했다는 것이다. 그렇게 농사짓기가 정말로 힘든 고래실논이며 찬물 때문에 농사도 안 되고 고생만 하는 논이라는 동네 할머니의 말씀이었다.

하지만 아랑곳하지 않고 땅을 구입하여 예전부터 상상했던 전원 택지를 만들겠다는 희망으로 작업을 시작하였으나 막상 장비로 시작해 보니 희망 반 절망 반이었다. 포클레인으로 몇 군데의 치솟는 샘통을 파서 PVC 유공관으로 암거 배수를 하고 물을 돌려 1차 작업을 하기로 하였다. 그 와중 간간히 만난 동네 노인들은 하나같이 안타까운 눈빛으로 불쌍히 여기는 모습이었다.

"그 논 무엇 하려고 샀수?"
"농사짓기 힘들어 묵히던 논인데 고생이나 하려고 그러느냐?"
"저 사람 고 논을 사서 무엇 하려고 할까? 고생 많이 하겠네.
쯔쯔."
"농사꾼도 아닌 공무원이 펜대나 잡다가 헛수고하겠군."

몇 군데 샘통에서 나오는 물을 배수관으로 잡기 위하여 포클레인을 논에 들여보내니 포클레인이 빠지며 배가 땅에 닿아 전, 후진이 잘 안 될 정도였다. 논바닥을 가슴 깊이까지 파고 배관작업을 하는데 포클레인 다니기가 어렵고 사람도 발이 빠져 작업 진도가 진척되지를 않는다. 진흙구덩이 배관 작업으로 온통 흙투성이가 되어 하루 입었던 옷을 아예 벗어 버릴 정도로 개흙투성이가 되었다.

처음 시도해 보는 작업이라 시행착오와 재작업이 거듭되고 동네 사람들 틈에서 어려움이 정말로 많았다. 그러나 한번 마음먹으면 좀처럼 물러서지 않는 성격 덕분에 이웃을 설득하여 암거 배수 관에서 나오는 물을 멀리 빼는 작업을 할 수 있었다. 이후 평탄작업을 위하여 높은 부분의 흙을 파서 덤프트럭으로 얕은 곳에 퍼 날라야 하는데 자동차 바퀴가 빠져 도저히 작업을 하기가 어려웠다. 이에 포클레인으로 퍼 나르는 계획을 세운 후 수렁에 빠지는 것을 피하려고 12월 중순으로 작업일을 잡았다.

그런데 이게 웬일. 작업일이 되자 몇십 년 만에 처음 불어 닥친 혹한으로 2주 만에 땅이 약 40cm 두께로 얼어 버렸다. 작업을 강행했지만 포클레인 삽날이 언 땅 위에서 통통 튀면서 일이 진척되지 않고 얼기 전에 다녔던 움푹 패인 바퀴자리가 굳어 버리면서 그 위를 지나다니니 허리가 부러질 것처럼 차가 휘둘린다.

세상사 모두가 순탄하지만은 않다는 것을 또 배웠다. 2주 전에는 진창에 너무 빠져서 작업을 못 하고 이번에는 며칠 사이에 땅이 너무 얼어 도저히 파낼 수 없다. 도전 과정에는 반드시 장애요인이 있기 마련이다. 그렇다고 그냥 물러설 수도 없고 진퇴양난이다. 절대 포기는 없다.

얼은 땅을 파기 위하여 큰 바위를 포클레인 삽에 얹어 높이 올린 후 떨구는 것을 반복하여 두껍게 언 땅을 간신히 깨뜨렸다. 흙덩이를 덤프트럭에 2~3개 정도씩 실어주면 나는 그걸 날라 드문드문 놓은 채로 겨울을 나고 해토가 되는 때를 기다려 다시 정리 작업을 하기로 하였다. 그렇게 눈보라와 찬바람을 이기고 하루 종일 동절기 작업을 하였다.

동네 분들이 지나다니면서 곁눈으로 구경을 한다. 미쳤다고 생각할까, 아니면 불쌍하게 여길까? 하는 생각이 들었지만 개의치 않고 다시 작업을 시작한다. 작업을 편하게 하고 예산을 줄이기 위하여 싼 주름관을 썼던 부분이 찌그러져 다시 모두 파내야 한다는 사실을 알았다. 두텁고 굵은 유공관으로 교체를 해야 하는 상황에서 첫 작업이 소홀했음을 깨달았다. 며칠 동안 바보스러웠다는 생각으로 후회하기도 하고 동네 분들 보기도 창피하였다.

"그렇지, 처음부터 튼튼한 관으로 잘했어야 하는데….."

공연히 두 번 일을 하려니 포클레인 전문가 황병용 사장 보기도 민망스럽고 처음 묻을 때 사정하여 양해를 구했던 앞 땅 주인에게도 죄송스러울 뿐이다. 그러나 한번 내친 것은 중단이 없다. 그리고 안 할 수도 없다. 해야 된다. "음, 해내야지" 하는 마음뿐이다.

이듬해 봄에 두꺼운 상수도관으로 재작업을 하였다. 예산과 인력이 곱절 들어갔다. 큰 관으로 경사를 조절하니 물이 잘 빠진다. 이제는 쟁기질과 호미작업이 가능할 정도로 흙이 마른다. "지성이면 감천이다."라는 옛 어른이 자주 하시던 말씀을 되새겨보게 한다. 모든 일은 열정과 사랑으로 도전해야 된다. 옆에서 지켜보며 일손을 돕던 친구 내외도 놀랐다고 한다.

수렁논에 판을 묻어 밭을 만들었다. 하지만 포클레인으로 평탄작업을 하여 농사를 지을 수 있도록 해 놓았지만 흙을 파내면서 나온 바위와 돌 때문에 밭을 갈 수가 없다. 또 포클레인의 망삽으로 큰 돌만 걸러내고 트랙터로 살살 한 번 갈아보니 크고 작은 돌이 엄청나게 나온다. 며칠 동안 장갑 속의 손가락 끝이 아플 정도로 열심히 돌을 주운 후 작물을 심었다.

딱딱한 땅에는 콩을 심고 경운 작업이 가능한 부분에는 옥수수를 심고 흙살이 좋은 부분에는 고추, 오이, 토마토, 케일, 신선초, 야콘, 파, 시금치, 열무 등 여러 작물을 심었다. 동네 분들과 같은 수준의 농사를 지으려고 극단의 노력을 하자 케일 대가 팽이자루만큼 커서 그런대로 첫해 농사 마무리를 잘할 수 있었다. 그렇게 동네 분들의 눈을 동그랗게 만들어 놓았다.

7월경에 콩 추비를 했더니 농사가 풍년이다. 그런데 오히려 땅이 걸찼던 부분은 너무 커서 콩이 전혀 달리지 않는 거꾸로 농사를 하였다. 첫해이다 보니 자랄 때 보기 좋게 추비를 한 결과 실속은 아주 없는 부분도 있다.

처음 땅을 사겠다고 마음먹었을 때 생각보다 너무 많은 공이 들었으며 집에서 먼 거리에 있다 보니 시간이 많이 소요되고 너무 힘이 들었다. 그러나 일이 성공하는 데 따른 쾌감으로 매주 휴일과 모든 공휴일을 즐겁게 밭에서 보냈다. 늦은 봄부터는 까꿍(아내)이가 오히려 먼저 가자고 보채서 휴일 전체를 농장에서 보내며 즐거움을 맛보고 있다.

땅이 미처 녹지도 않은 3월 말 미국에 가기 전에 여러가지 과일 나무를 심었다. 4월 말 귀국한 후에는 밭을 갈고 돌 줍고 씨 뿌리고 김매고 비료 주고 곰취, 고추, 상추 등을 심었다. 초여름까지 개울 쪽 경사면을 가꾸는 데 정성을 다했다. 엊그제는 갈나무, 철쭉꽃, 산벚 등을 파다 심고 냇가로 내려가는 계단과 건너편 찻길까지 정리하여 주변 환경을 개선하였다. 갑상선 수술 공백 기간을 대비하여 비 오는 날에도 밭에 나가 김매고 비료 주고 풀 깎으며 당분간 모든 작업을 안 해도 될 정도로 깔끔히 해 놓았다.

열심히 일을 하자 동네 분들 보는 눈이 달라졌다. "부동산 투기나 하려고 하는 줄 알았는데 농사도 잘 짓고 청소를 잘해 동네가 깨끗해졌다."고 농담을 건네기도 하신다. 앞으로 원두막을 짓고 농업용 전기로 스프링클러를 돌리고 주말을 보낼 수 있는 편의 시설을 갖추겠다는 까꿍이의 설계가 대단하여 내년 공로연수 기간 동안에는 더 많은 시간을 이곳에서 보낼 것 같다.

희망이란 마치 땅 위의 길과 같은 것이다.
본래 땅 위에는 길이 없었다.

한 사람이 먼저 가고
걸어가는 사람이 많아지면
그것은 곧 길이 되는 것이다.

희망은 처음부터 있었던 것이 아니다.
아무것도 없는 곳에서 생겨나는 것이 희망이다.
희망은 희망을 갖는 사람에게만 존재한다.
희망이 있다고 믿는 사람에게는 희망이 있고
희망 같은 것은 없다고 생각하는 사람에게는 실제로 희망이 없다.
희망은 오늘을 살아갈 수 있는 힘이며 내일에 대한 꿈이다.

내년에는 나무를 더 많이 심어 푸른 동산을 만들고 개두릅을 따고 옆 도랑에서 갓 잡은 버들치로 맛 좋은 매운탕을 끓여 아들, 딸, 사위, 며느리, 손자, 손녀 모두 불러다 기분 좋게 가족이 여가를 즐기는 날을 상상해 본다. 꿈이 있어야 희망이 있다. 그리고 목표가 있어야 한다. 구성포 농장을 잘 가꾸겠다는 꿈이 생기니까 열정이 생기고 방법이 보이기 시작한다.

한 사람의 지원자는 억지로 끌어온 열 사람보다 낫다고 한다. 열정적으로 행동에 옮겨야 한다. 구성포 작업을 처음부터 도와준 신재황 친구 가족에게 진심으로 감사의 뜻을 전한다. 퇴임을 하는 2008년에는 아이들과 함께 여가를 즐기는 구성포 농장을 만들어보자. 그리고 아름다운 자연 속에서 옥수수도 삶아 먹으며 농사도 짓고 가족이 함께 어울려 웃어보자.

무논을 구입하여 배수관 묻고 평탄 작업을 하고 농지를 만들어 농사를 지으며 원두막을 짓는 과정을 통하여 "시작해야만 무슨 일이건 일어난다."라는 살아 있는 큰 경험을 하였다. 실패를 하면 이번에 이루지 못했을 뿐 다시 도전하면 반드시 이루어진다. 가족의 희망이 자라는 아름다운 쉼터를 열정 다해 가꾸어 우리 가족 꿈의 크기를 키우는 알찬 농장을 만들자.

이다음에 잘해 줄 거야

　밤 열두 시 잠과의 전쟁을 하고 있는 아내의 가슴 답답함을 표현하는 신음소리를 잠결에 듣고 눈을 뜨니 가슴으로 몰아쉬는 숨소리가 마음까지 들린다. 한참을 이 이야기 저 이야기로 시간을 보내다가 내일 아산병원에 가서 이종식 교수를 만나면 어떻게 할지 이야기하며 시간을 보냈다. 그리해도 잠을 잘 기색이 보이지 않아 할공(안마)을 해 주겠다고 하니 침대에서 내려와 내 옆 방바닥에 눕는다.

　엎드려 놓고 주무르고 풀어주고 경락 풀며 내 나름대로의 안마를 하자 시원하다고 하면서 "이다음에 잘해 줄 거야, 당신이 나이 들고 아플 때 잘해 줄 거야"라고 속마음이 담긴 한마디를 한다. 순간 가슴 한곳이 찡해왔다. 요즈음 가끔씩 "남들은 당신이 좋은 사람이라고 하는데 살아 봐야 알지. 먹는 것에 잔소리나 하고" 등 불만을 토로하기가 일쑤였기 때문이다. 과잉 보호와 간섭에 대한 불만인 것은 알고 있다. 하지만 아내의 불평 섞인 말은 자주 나의 마음과 정성을 흔들고 내가 가고 있는 길을 헷갈리게 하곤 하였다. 하지만 가슴 깊은 곳 이런 고마운 마음씨를 보이니 절로 마음이 따뜻해진 다. 몸이 불편함에도 불구하고 희망의 끈을 놓지 않고 긍정적으로 생각하는 아내! 참 훌륭하고, 대단하고, 대견스럽기도 하다.

엊그제 백두산 천지여행에서 천지기운을 잘 받았을까? 여행에 서 돌아와 하루를 쉬고 오늘 아침에는 조각공원에서 기공체조로 새 하루를 시작했다. 아침 먹고 단월드에서 함께 수련하고, 노래 교실 데려다주고 데려오고, 사우나 왕복 모시고, 토마토 사러 샘 밭에 다녀오고, 하루 동안 아내를 도와주다 보면 순식간에 하늘이 어두워진다. 석양이 내려앉으며 주변이 어두워지면 낮에는 생각할 틈 없었던 아픔과 시련, 고통이 몰려올 때도 있다.

'우리가 왜 이렇게 되었을까?'
'벌써 왜 이리 어려워질까?'
'아직 때는 안 되었는데.'

하지만 오늘 들었던 "이 다음에 잘해 줄 거야" 이 말 한마디가 희망을 주고 밤중에 잠 못 자며 겪는 어려움을 확 가시게 해 주었 다. 두 시간 동안 깨어 잠을 못 자다가 어렵사리 잠이 든다. 더 있 다가 잠이 들 줄 알았는데 하느님께 오늘도 감사하다고 묵주기도 를 15단 하니 잠이 든다. 나는 아내 건강을 간망하면서 5단 묵주기도를 하였다.

"힘내자 힘."
"아내여 힘내자."
"이러고 있을 때가 아니잖아."

힘 좀 내고 정신을 차려 보자. 어서 어서 그리고 건강하게 살아
보자. 모든 건강과 행복은 나 자신에서부터 시작된다. 모든 것을
미리 준비하지 않으면 행운도 비켜간다. 나에게 오던 행운도 준비
라는 징검다리가 없으면 건너오지 못하고 그냥 비켜간다. 희망의
끈을 꽉 붙잡고 항상 즐거운 것만을 생각하면서….

여보! 내가 나이 들거든 잘 좀 해주세요. 내가 나이가 많으니 잘
좀 부탁해. 이렇게 상황이 바뀌어 즐거운 삶을 살았으면 참 좋겠
다. 이제 나도 바쁜 하루 일과 모두 끝내고 잠자리에 들어보자.

아쉬움

또 하루가 저물었다. 아내를 하루 종일 뒷바라지해 주며 운동치료를 마치고 조용한 하루를 마감한다.

다음 날 아침, 서둘러 여행 준비를 한다. 마음에 내키지 않는 여행이지만 30년간 관계를 유지해 온 고등학교 동창들 성화에 못 이겨 떠나는 여행이다. 우리 내외 때문에 오랫동안 미뤄오던 중국 大行山 관광이었는데 생전 처음 나 혼자만의 반쪽 여행으로 떠나자니 마음도 아프고 한편으로는 걱정이 앞선다.

요양사에게 응급처리, 투약, 비상전화, 식사 등 일상관리 요령을 부탁하고자 A4용지 2장 가득 열심히 적은 후 아내에게 "내가 이런 사항을 부탁하고 만약의 상황에 전화할 사람들도 알려 주었으니 한번 읽어볼게 들어봐요." 하고 읽어주었다.

낙상 예방과 대소변 관계는 마음 상할까 생각되어 건너뛰고 읽은 후 혹시 빠진 것이 있는지 생각이 나면 얘기해 보라고 하니 "잘 데리고 다니라"는 말이 없단다. 자기를 넘어뜨리지 말고 잘 데리고 다니라고 하라는 것이다. 그렇다면 본인도 평소 움직임이 안 되고 넘어지는 것에 신경 쓰인단 이야기다. 순간 가슴이 무거워지며 정말 넘어지지 않도록 잘해 주어야겠다는 다짐을 하였다. 그 해결 방법으로 요양사 두 명이 함께 보도록 보강해 놓았지만 마음 편하게 여행을 다녀올 것 같지 않다.

아내에게 먹는 것 조심하고, 넘어지지 않도록 조심하라고 당부하니 "네" 하고 대답을 한다. 정말 마음이 짠해온다. 저녁 10시 반이 넘어 소변 보이고 침대에 올려 눕히는데 조끼가 너무 더러워 세탁기에 넣을 요량으로 아내를 눕힌 상태에서 벗겨냈다. 그런데 조끼 주머니에서 종이 같은 것이 버석 버석 소리가 나서 꺼내보니 젊은 시절 아들딸이 초등학교 저학년일 때 동대구역 앞에서 찍었던 사진이다.

요양사가 넣어주더냐고 물었더니 자기가 넣었다고 한다. 지난 며칠간 앨범을 꺼내려고 하여 아이들 어릴 때 앨범을 주었더니 며칠 동안 보고 또 보던 게 생각났다. 결국엔 어느 날 사진 두 장을 꺼내어 따로 놓고 보곤 했는데 그때 그 사진을 조끼 주머니에 넣고 다녔던 것이다.

엄마는 내리사랑이고 모성애만큼 강한 것이 없다. 그래서 "엄마는 죽어서도 아이들을 가르친다."라는 말이 있다. 자식들은 엄마가 돌아가셔도 엄마 생존 시 느꼈던 것이 사무치면서 자세를 바로 잡고 다그치며 배운다는 뜻이다.

조끼 주머니에서 두 아이와 셋이 찍은 사진을 꺼내면서 울컥하는 감정이 밀려온다. 모정이 약이 되어 조금이라도 건강이 회복되고 사랑하는 아들딸과 오순도순 이야기하며 옛길을 거니는 모습이 보고 싶어진다. 그 시절이 얼마나 그리웠으면 앨범에서 사진을 꺼내 보고 또 보고 하더니 이제는 아예 주머니에 넣고 다니려 하겠는가? 내일 다시 볼 수 있도록 머리맡에 놓아두고 삶의 애착심을 높여 정신건강을 되돌려보자 생각했다.

낮에는 건강관리공단에서 장애 1급으로 상향되었다는 전화를 받고 한참 동안 운전하고 가야 할 길을 잊고 돌아서 다른 길로 가는 해프닝도 있었다. 오늘은 국가의 도움이 필요 없는 건강한 모습이 더 그리운 하루다. 옛날과 같이 아이들과 함께 여행하는 날을 기대하며 온 힘을 다하여 간병에 최선을 다할 것을 다짐해 본다.

더 잘해야지
– 대마도 가는 부산행 버스 안에서

몇 년 만에 여행을 떠나본다. 그동안 아내를 집에 홀로 두지 않으려고 각종 모임과 여행을 아예 접고 살아왔다. 이번에 직장 임관 동기 모임을 대마도 여행으로 한다기에 용기 내어 아내의 동의를 얻었다. 집을 떠날 시간이 되어 "갔다 올게. 잘하고 있어요." 하니 두 손이 계속 내 손을 잡으려 허공을 맴돈다.

"가지 말라는 것인지?"
"잘 갔다 오라는 것인지?"

무척 아프도록 꽉 잡은 두 손의 진정한 속마음을 알 수가 없다. 부산 가는 버스에서 혼자만의 다섯 시간 동안 많은 것을 생각하게 한다. 건강할 때도 항상 실과 바늘처럼 함께하던 생활인데 며칠을 혼자 있으라고 하니 불안하기도 하겠지. 항상 함께해야 좋아하던 사람이니까. 오늘은 왠지 상체가 오른쪽으로 더 쏠리고 오른 눈이 작아진 듯하고 입도 약간 오른쪽으로 돌아간 것같이 보여 마음이 아프다. 뇌기능 저하로 오는 현상이 아닐까 하는 생각을 하였다.

버스는 나의 마음을 모르는 듯 엔진 소리가 커지며 집 반대 방향으로 잘도 달려간다. 차창 밖 봄기운에 마음이 녹으며 눈을 감아본다. 떠날 때 보았던 아내의 모습이 눈앞에서 아른거린다. 요양사가 손 붙잡아 흔들며 인사하자고 하여도 굳은 표정으로 생각 없이 바라보던 그 모습이 마음에 걸리고 죄스럽기도 하다.

달리는 차창 밖으로 급하게 달려오는 초여름을 방불케 하는 햇볕이 따사롭게 내 마음을 녹여 내린다. 하지만 여행으로 기쁘고 상기되어야 할 나의 마음은 차갑고 무겁다. 입으로 웃고, 얼굴로 웃고, 마음으로 웃어야 할 오랜만의 여행길이 무겁게만 다가온다.

"여보 정말 미안해요."
"내 욕심만 챙겼나? 다녀와서 더 잘해줄게."

잠시라도 혼자라는 것이 이렇게 어렵다. 힘이 많이 들어도 있을 사람은 있어야 한다. 남편을 떠나보내는 새벽 내내 응응대기만 하며 잠 못 이루던 아내가 생각난다. 당신도 내 마음과 같겠지. 얼마나 함께 가고 싶겠나 생각하니 마음이 많이 아팠다. 떠나야 할 사람도 있어야 할 사람도 모두 근심이다.

하지만 삶의 희망과 고통 모두를 하늘에 맡기고 떠나본다. 현실을 인정하면서 그 가운데서 최선을 다하고 만약 내일 어떤 일이 일어나더라도 미리 근심하지 말자고, 세상사 모든 것을 긍정적으로 내 인생에 열정을 다하여 몰입하자고, 마음 다잡고 또 다잡으며 싫어도 힘들어도 웃는 마음으로 처음처럼 아내 사랑하는 마음으로 모든 것 이겨내며 노력해야지.

까맣던 차창 밖 대지가 대구를 지나니 연초록으로 바뀐다. 바람처럼 스쳐가는 호수 주변 연초록 버들가지에 나의 마음이 조금은 가라앉는다. 아내가 편안한 마음으로 잘 지내주기를 바라는 마음뿐이다.

오랜만에 가보는 부산항. 배를 타고 떠나보는 첫 번째 해외여행에 다소 마음이 들뜬다. 엊저녁 인터넷으로 보았던 대마도가 미지의 세계에 대한 기대와 설렘으로 다가온다. 항상 그랬듯이 약간 흥분되고 들뜨고, 어설픈 감정을 감추고 집을 나설 때 상기된 기분이야말로 여행의 참맛 중의 하나이다. 모든 것을 긍정적으로 생각하고 즐겁게 다녀오는 것이 아내를 위하는 일인 것 같다. 잘 다녀와서 더 사랑하면서 더 잘해 주어야지.

고마워요. 여행 보내주어서.
감사할 수 있다는 것이 참 행복하다.

영원한 동반자

　인연은 사람의 작품이 아니다. 부부의 인연은 하늘이 주는 특별한 선물이고 축복이다. 천년 사랑으로 하늘이 맺어준 부부는 받는 사랑이 아니라 주는 사랑으로 평생을 함께 서로 사랑하도록 되어 있다. 죽음에 이르는 순간에도 옆에서 지켜주는 부부가 영원한 동반자이며 어려울 때에도 있는 그대로를 받아들이는 것이 진정 사랑이다.

　부부는 서로 든든한 벗이 되자고 서약을 맺지만 한평생을 살면서 흐르는 물처럼 바위나 돌부리를 만나면 속절없이 부서지기도 한다. 곧 다시 하나로 뭉쳐지기도 하고 가파른 절벽을 만나 바람에 날리는 폭포수 되어 흩날리기도 한다. 결국 바다에 이르면 세상 모든 것 다 받아 안고 언제 그랬냐는 듯 평온하게 파도소리 맞추어 춤을 춘다. 이렇게 부부는 오직 사랑하는 마음 하나로 변화무쌍한 인생의 강물을 돌고 돌며 힘들고 어려운 때에도 모든 것을 참고 이겨낸다.

그렇기에 부부 관계는 서로에게 가장 귀한 보물 같은 존재로 "여보"는 "보배"와 같다는 말이며 "당신"은 내 몸과 같다는 뜻이다. 또한 "마누라"는 "마주 누워라"의 준말이며 "여편네"는 "옆에 있네"에서 왔다고 한다. 즉 부부는 끝까지 함께하는 사람이자 가장 소중하게 여기며 아끼고 사랑해야 할 인연으로 사는 동안 귀하게 여길 줄 알아야 한다.

아내 치병하며 아무것도 한 것 없이 힘들게 보낸 10년의 황금 같은 내 인생의 60대 골든타임이 며칠 지나간 듯 짧게 느껴지니 내가 나를 이해하지 못할 때가 있다. 사랑과 긍정 에너지가 만들어 낸 결과이다. 아내가 비록 지금은 움직일 수 없는 난치성질환 투병 생활로 심한 고생을 하고 있지만 생긋 웃던 밝은 얼굴, 미소 머금은 깜찍한 모습이 그리울 때면 컴퓨터에 보관된 옛날 사진을 꺼내 본다. 웃음 가득한 예쁜 아내 얼굴을 보는 순간 행복했던 젊은 시절을 상상하게 되고 마음이 열리며 나도 모르게 곁에 있으니 "그래도 괜찮아"라는 소리가 절로 나온다. 이처럼 아름답고 곱던 사람이 어찌하여 왜 이런 고생을 할까? 작년에 환갑잔치를 했으니 아직 아파 눕기에는 이른 나이인데….

요즈음 평소 알고 지내던 사람을 만나면 "아직 집에 계셔?", "참 고생 많네", "시설에 맡겨 보지 그래" 등 걱정스러운 동정의 인사를 많이 받는다. 나는 지금까지 힘들 때는 있어도 큰 고생이라고 생각해 본 적이 별로 없는데 나를 보는 다른 사람들은 왜 안타까운 눈빛으로 고생 많다고 할까?

어쩌면 내가 고생을 많이 하는 것일지도 모르겠다. 말을 못하는 아내를 하루 종일 지켜보며 하고 싶어 하는 것과 꼭 해야 할 것들을 찾아 챙겨주며 돌아눕지도 못하는 몸을 뒤적이며 저녁에 두세 번 소변으로 젖은 옷 갈아입히고 응응 소리 내며 잠에 들지 못하고 힘들어하면 석션기로 가래를 뽑느라 잠 한번 제대로 자본 때가 언제인지 모르니까.

그래도 아침에 일어나면 함께 샤워하고, 외식을 못 하니 하루 세 끼 반찬 다져 입 벌려가며 밥 떠먹여 주고, 양치질해 주고, 약 챙겨주고, 운동하고, 집 안에서도 휠체어로 이동하며 돌보고, 일주일에 8회 병원 데려가 작업치료와 운동치료하고, 집안 살림도 하나에서 끝까지 다 해야 하고, 농장에 친환경 식재료로 쓸 수 있는 농작물을 심어 건강식 만들고, 10년 동안 쉼 없는 열정으로 만들어낸 쾌적한 가족 쉼터에서 맑은 공기 마시며 휴식하도록 도와주는 등 휴식 없이 함께하는 24시간이 즐겁고, 바라보기만 해도 사랑스럽고, 예쁘다.

"당신은 똑똑한 여자 내 사랑 똑똑한 여자
이리 보고 저리 봐도 매력이 넘쳐흘러요.
이 세상에 당신 만나 사랑을 배웠고
행복의 꿈을 꾸며 살아가는 남자여

내 곁에 있어줘서 고마워요.

나 당신 바라보면 행복해요.

업어주고 안아주고 당신은 똑똑한 여자"

노래를 불러주면 좋아하는 기색이 보여 더 신나게 한 번 더 불러

본다.

목청이 터지도록 말이야…

설령 아파도 좋으니 내 곁에 있어 주기를

비록 모자라도 좋으니 빈자리 채워 주기를

굳은 몸이지만 따뜻한 손 만질 수 있기를

여보 사랑해!

우리 둘 사이좋게 잘 지내는 것은 기본이고

병과도 싸우지 말자.

병과 싸워도 못 이긴다.

병을 친구라고 생각하며

친하게 잘 지내보자고.

정신 차려 인생이나 즐겨 보자고.

당신만을 사랑해요.

내 인생의 영원한 동반자여.

Slow City Healing

  까맣던 Slow City, 전남 신안 천사의 섬 증도 바다에 여명이 밝아온다. 철썩철썩 파도 소리에 꿈과 희망의 새 하루가 열린다. 바닷바람이 뒤틀고 간 해송을 보듬으며 밝고 맑은 태양의 여명이 스며든다. 먼 바다를 지키는 섬의 등대불이 희미하게 사라지며 찬란한 햇빛이 섬 구석구석을 아름답게 수놓는다. 밤새 천지를 뒤흔들던 성난 파도는 내가 언제 그랬냐는 듯 드러누운 갯벌을 살며시 쓸어안으며 모래밭에 그림을 그려놓고 살랑살랑 춤을 춘다. 해송 숲 사이로 불어오는 신선한 공기와 상큼한 바다 냄새가 우리 내외 힐링을 재촉한다.

  자녀들이 엄마 치유와 아빠 기분전환을 위하여 정성스레 마련한 마음여행의 힐링 효과가 상상 이상으로 클 것이라는 강한 믿음이 마음에 와 닿는다.

"고맙다."

"상쾌하다."

"참 좋다."

"몸이 가볍다."

"신난다."

"경치 좋다."

긍정 에너지가 담긴 말을 되뇌며 열정을 다하여 아내 치유 여행에 정성을 다한다. 바닷물이 소금이 되듯 아내의 아픔이 건강으로 확 바뀌어 가족과 이웃 기대에 부응하는 상상을 해본다.

행복은 마음먹기에 달려 있다는 말처럼 생각을 조금만 바꾼다면 지금보다 더 행복해질 수 있지 않을까? 전남 신안군 증도면 염전 아래컨, 진도로 가는 여정의 중심이자 바닷가 휴식의 중심지인 엘도라도 리조트에서 나에게 다가온 밝은 하루에 감사하며 아내 힐링에 전념한다.

마음의 힐링 여행!

희망과 동심으로 이른 아침 신안 바닷가를 거닌다. 엊저녁 거친 파도를 곱고 부드럽게 잠재운 자연처럼 아내 건강이 회복되기를 소망하며 싱그러운 자연에 푹 빠져든다.

맑은 바람 밝은 햇빛

한낮 열기에 풀포기가 시들시들하다. 용광로 같은 폭염 속에서 가끔 부는 실바람이 땀을 식혀주면 얼굴에 흘러내리는 땀을 손등으로 씻으며 하던 일을 멈추고 큰 숨을 한 번 쉬어본다.

연일 폭염주의보가 발령되는 여름! 가족이 여유롭게 쉴 수 있는 아름다운 농막을 만들기 위하여 오늘도 등과 가슴에 흘러내리는 땀줄기를 만든다. 숨 막히는 더위를 식히기 위하여 닫혀 있는 농막 창문을 활짝 열면 바람은 농막 안을 자유로이 드나들며 맞바람 되어 막힘없이 다니는 골짜기 바람과 함께 시원함을 더해 준다.

시간을 내어 찾는 농막은 시원한 바람과 밝은 햇살이 있어 참 좋다. 시원한 바람과 맑은 공기, 밝은 햇살은 값으로 따질 수 없는 귀한 것이다. 도심의 탁한 공기와 소음공해를 멀리하고 맑은 공기와 밝은 햇살을 함께하면 몸과 마음이 가벼워지고 기분이 좋아진다.

폭염의 삼복더위 속에서 온몸이 땀으로 범벅이 되도록 일을 하다가 더위를 못 이길 때면 시원한 계곡물에 텀벙 몸을 담그고 맑은 바람을 맞으며 친구와 나누는 덕담이 좋다. 어제도 오늘도 내일도 냇물이 있고 맑은 공기와 밝은 햇살이 있는 농장에서 노동이 휴식보다 더 큰 풍요로움을 준다는 것을 깨달으며 행복을 느낀다.

이제까지 허물없이 산 것에 고마워하고 지금까지 좋은 사람을 만난 것을 기뻐하며 큰일을 하지는 못했지만 원망 듣지 않고 보낸 과거에 감사할 수 있는 것도 밝고 따가운 여름 햇살과 맑은 바람 덕분이다. 이제 나이 들면서 어떻게 해서든지 "성실한 마음", "온화한 기운", "밝은 표정", "순하고 부드러운 말씨"로 일상을 살려고 노력하는 것도 폭염을 이기는 인내심과 맑고 밝은 자연에서 시작된다. 시원한 냇물과 맑은 공기, 밝은 햇살이 있는 농장처럼 밝고 온화하고 부드럽게 인생을 채워 살려고 노력해야지.

밝은 햇살은 산과 들의 모든 자연을 만들고 시원한 바람은 땀으로 얼룩진 내 얼굴을 어루만지며 지나간다. 돈 내지 않고 얼마든지 쓸 수 있는 바람과 햇살, 시냇물인데 바빠서 자주 들르지 못하는 것이 정말 아쉽다. 임자 없는 바람과 햇살이라서 얼마든지 받아 쓸 수 있는데 시간과 여유가 부족하다.

주말이면 들리는 구성포 농막에는 항상 시원하고 맑은 바람과 밝은 햇살이 가득하여 좋다. 자연이 우리에게 주는 선물에 항상 감사하며 살자.

마음의 문을 활짝 열어

"마음의 문을 열어

마음의 문을 열어

날 밝은 대낮에 문은 왜 닫아.

대문을 열고 나가 이 길 저 길 거닐면서

웃지 못할 일이라도 한 번쯤 웃어봐.

사람 팔자 조금 전에 있었던 일을

어느 누가 알았을까?

지금부터 있을 일을 알지도 못하면서

속상하다 술 마시고

속 탄다고 물 마시고

화난다고 짜증 내도

내일의 해가 뜨는 밝은 날도 있는 거야

밝은 날도 있는 거야."

어느 가수가 부른 '문을 열어'라는 제목의 노래이다. 자동차 운전 중 아내 들으라고 노래를 틀었는데 가사가 마음에 와 닿아 아내와 함께 한 달 정도 열심히 들으며 마음 수련도 할 겸 반주 없이도 흥얼댈 정도로 노래를 외웠다. 말은 못하지만 아내도 외우기는 했는지 때론 반응이 있는 듯 속으로 따라 부른다.

우리는 살아가면서 나도 모르는 사이 스스로 마음의 벽을 쌓고 감옥을 만들어 그 속에 갇혀 고생을 하기도 한다. 마음의 문을 열고 자유를 얻는 힘은 밖이 아닌 내면에서 자기 스스로 얻는 것이다. 긍정적 생각과 감사한 마음으로 얻은 자유가 충만할 때 새로운 도전도 가능해지고 진정한 기쁨을 얻을 수 있다. 앞으로 있을 일을 알지도 못하면서 미리 감옥을 만들어 고민하지 말고 마음의 문을 활짝 열어젖히고 힘찬 도전으로 인생을 행복으로 몰고 가자.

가을

맑은 가을 햇살이 마당에 수북이 쌓인다. 10년 만에 그렇게 곱다는 설악 단풍이 우리 마당에도 곱게 물들고 있다. 화살나무, 단풍나무, 연산홍이 모두 곱게 물들고 잎 속에 숨어 있던 파란 감이 황금색 얼굴을 내민다. 여름에 감나무를 보면서 금년에는 감이 별로 안 달렸다던 주인마님을 조롱이나 하듯 감이 저마다 가을 햇살을 먼저 쐬려고 내기를 한다. 며칠 후 잎이 떨어지면 주렁주렁 달린 감이 보기 좋을 듯싶다.

아들 장가보내고 오랜만에 맞는 일요일이라 아침 일찍 마당 잔디를 깨끗이 쓸어 내고 소나무 수형을 잡은 후 단엽처리를 하니 보기가 좋고 제법 고태를 뽐낸다. 1990년 삼척 근무 시 남들이 해송 산채를 한다고 해서 맹방 바닷가를 몇 번 뒤지고 소나무마다 어루만지며 모양이 좋은 소나무를 골랐는데 먼저 온 손님이 좋은 것은 모두 골라가 버렸다. 결국 뾰족한 소나무 하나 골라서 분에 심어 공을 들였으나 모양이 크게 변한 것 없이 산채 당시 그대로 변화를 모르고 자라고 있다. 그러나 가지를 늘어뜨린 노송으로 자태를 잡아가고 있어 가을 소나무를 감상할 수 있어 좋다. 여름에 정성 들여 키운 금강초롱이 화분에 물 주는 호스에 걸려 꽃은 제대로 자라지 못하고 몇 송이만 꽃을 피웠다. 내년에는 보기 좋은 금강초롱을 꽃 피우기 위해 깻묵비료로 덮어주고 토양을 정리하였다.

가을 햇살이 제법이다. 감이 달리지 않은 가지를 잘라내어 수형을 맞추고 그동안 바빠서 돌보지 못했던 회양목을 전정하여 보기 좋게 다듬고 도로 공사 시 옮겨야 할 주목의 잔가지를 조금씩 자르고 10년 후의 수형을 생각하며 주목의 자태를 낼 수 있는 나무 만들기를 곰곰이 생각하였다.

모든 일은 꼼꼼히 준비하고 생각을 하며 설계한 후 행동(실천)에 옮길 때 이루어낼 수 있다. 갓 삼십이 넘은 젊은 시절 회양목 분재를 시작으로 나무 키우기를 시작하면서 분재 책에 실린 10년 넘은 분재를 보면서 감탄하곤 하였다.

"아! 정말로 대단하구나!!"
"10년을 분에서 키웠으니 보기도 좋구나!"
"나도 할 수 있을까?"

그리하여 산과 계곡을 헤매며 분재 소재가 될 수 있는 수종을 산

채하여 일 년을 하루같이 정성들여 키우고 물 주고, 분갈이하면서 아이들과 함께 잘 자라기만을 바라다 보니 어언 25년이 넘었다. 그 분재는 금년 가을에도 곱고 고운 잎으로 물들어 단풍으로 수놓은 자태를 자랑스럽게 내어 보이고 있다. 봄, 여름, 가을 형형색색의 자태를 보여 준 분재는 곧 모든 옷을 벗어 던지고 내년을 준비하는 겨울눈을 간직한 채 깊은 동면에 들 것이다.

이들은 나를 기다린다. 2~3일만 물을 안 주어도 돌아오지 못하고 시들어 말라 죽는다. 지금 생각하면 정말로 대단하다. 수십 개의 화분을 20년이 되도록 키웠다는 그 자체가 대단하다. 물 주기는 아내가 거의 맡았고 철원에 가 있는 40개월 동안 아버님이 맡아 해 주시었는데 철원생활 동안 소나무 몇 그루가 아깝게 죽었다. 그냥 물만 계속 주면 되는 것이 아니다. 물을 계속 많이 주어 뿌리가 썩어 죽었다. 그래도 아버님 덕분에 오늘의 가을을 맞을 수 있어 감사하다.

분재를 처음 시작할 때 유치원에도 안 갔던 남매가 두 아이 엄마요, 한 여인의 남편으로 모두 시집 장가를 가서 잘 살고 있다. "萬物流轉" 세상 만물은 물 흐르듯이 끊임없이 흐른다. 분재, 수석을 하면서 곱게 커주기를 바랐던 마음대로 두 사람 다 정말로 잘 자라 주었다. 25년을 하루같이 공들여 키운 덕에 아름답게 물든 단풍 이상으로 곱게 자라 가정을 꾸려나가고 있으며 고운 심성으로 사회에 봉사하며 아이들을 잘 키우고 있다.

정원을 가꿀 줄 아는 사람이 여유 속에서 평화롭게 살 수 있다. "閑"(한가할 한) 자에서 보듯이 대문 안에 나무로 가꾸어진 작은 정원이 있어야 한가로운 시간을 보낼 수 있으며 자연과의 소통능력도 키우고 자연스레 함께 어울리는 어울림의 문화를 일구어 낼 수 있는 것이다. 요즈음 사람들 대부분이 정원을 꿈도 못 꾸는 아파트에서 살다 보니 예전보다 많은 것을 가졌으면서도 분노와 적개심에 부들거리며 사는지도 모른다.

"休"(쉴 휴) 자는 큰 나무가 그늘을 만들어 사람들이 편히 쉬게 하고 있는 모양이다. 이처럼 사람은 숲을 만들어 그 속에서 휴식을 취하고 있다. 규모가 크지는 않지만 아이들 교육을 생각하며 시작한 작은 정원 가꾸기와 분재 수석이 아이들 성장에 도움이 된 듯하다.

오늘 오랜만에 홀가분한 기분으로 정원과 담 밖을 정리하였다. 지난 25년의 봄, 여름, 가을, 겨울이 있는 정원을 되돌아보고 고운 빛으로 수놓아지는 정원을 마음껏 감상하면서 내일을 설계한다. 오늘의 열정과 도전이 밝은 내일을 맞이하기 위함임을….

주제와 분수

오월의 싱그러움이 몰려온다.

봄비가 촉촉이 내리고 나면 여름이 앞당겨진다는 TV뉴스가 있더니
며칠 사이 순식간에 공지천 벚꽃이 모두 내려앉았다.

찬란한 가로등 불빛으로 화려하고 우아함을 뽐내던 벚꽃 자리에는
어느새 다른 꽃들이 앞다투어 자리다툼을 하고 있다.

영원한 강자는 없다.

영원한 두목도 없다.

萬物流轉 諸行無常

"세상 만물은 물 흐르듯이 흘러가며 끊임없이 변하고
우주만물은 늘 변해 한 모양으로 머물지 않는다."라고 했다.

인생은 "새옹지마"다.

자세히 들여다보니 자연도 새옹지마요 홍소녹장이다.

아무 생각 없이 선배 따라
"화무는 십일홍이요 달도 차면 기우나니라"를 노래 부르며
막걸리를 마시던 30년 전이 무상하다.
화려하던 벚나무 가지에는 연둣빛 이파리가 자라고
여름내 열매가 익어 다음 세대를 준비한다.
겨울이 되면 불필요한 이파리 열매 모두를 버려 자신을 비우고
죽은 듯이 겨울잠을 지내며 다음을 준비한다.
자연은 주제와 분수를 확실히 알고 있다.

위기를 성공으로 바꾸는 비결

혹자는 '위기는 곧 기회'라고 했습니다. 어떤 사람에게 위기는 위기 그 자체이지만, 어떤 사람에게는 기회로 받아들여집니다. '위기'라는 글자를 잘 살펴보면 '위'는 위태로울 위입니다. 영어로는 risk라고 할 수 있고, '기'는 기회를 나타내며 영어로는 chance의 뜻입니다. 그러므로 위기라는 말은 사실상 부정적인 면과 긍정적인 면의 두 가지를 다 내포하고 있는 말입니다. 마치 동전의 양면과 같다 할 수 있습니다. 그렇기에 위기를 넘어 성공으로 향하는 비결 열 가지는 다음과 같습니다.

첫째는 원망하지 말아야 합니다. 원망하기 시작하면 끝이 없습니다. 원망은 자신과 타인의 마음을 상하게 하고 가슴속에 응어리져 건강을 해치게 됩니다. 결국은 자기 손해만 남게 됩니다.

둘째는 자책하지 말아야 합니다. 후회와 반성은 딱 한 번! 중요한 사실은 보란 듯이 다시 일어나는 일입니다. 왜냐하면 마냥 괴로워만 하고 있을 시간이 없기 때문입니다.

셋째는 상황을 인정하고 받아들여야 합니다. 한번 고배를 마신 사람이 재기를 하지 못하는 원인 중의 하나가 좀처럼 현실을 인정하려 들지 않는다는 데 있습니다. '이렇게 했더라면', '저렇게 했더라면' 등등의 생각으로 시간을 낭비하는 경우가 많습니다. 하지만 과거는 이미 소리 없이 흘러갔을 뿐입니다. 그러므로 현실을 냉정하게 인정할 줄 아는 것이 재기의 첫 번째 순서입니다.

넷째, 궁상을 떨지 말아야 합니다. '내 처지가 이런데…', '일어날 때까지 날 봐 주겠지' 등의 생각으로 위로를 받을 생각은 아예 하지 말아야 합니다. 그 어떤 위로도 자신의 재기 의욕만 못함을 명심하시기 바랍니다.

다섯째, 조급하지 말아야 합니다. "바늘허리 매어서 못 쓴다."는 우리 속담처럼 조급해서 얻을 수 있는 것은 실수뿐입니다. 오히려 한숨 돌리며 걸어온 길을 점검하고 자신을 성찰하는 시간, 그리고 나아갈 길을 바라보는 여유를 가져야 하겠습니다.

여섯째, 자신을 바로 알아야 합니다. 내가 어쩌다 여기까지 왔나를 냉정하게 생각해 보기 바랍니다. 자책이 아니라 어디까지나

반성입니다. 현재 나의 능력은 어느 정도인가? 계획하는 일을 위한 건강상태는 어떠한가? 자기가 가야 할 좌표가 분명히 찍혀 있는 사람은 방황하지 않습니다.

일곱째, 희망을 품어야 합니다. 희망은 생명을 살리는 기적을 낳습니다. 어려운 역경 속에서도 우리의 삶에 의미가 있는 것은 우리에게 희망이 있기 때문 아닐까요?

여덟째, 용기를 내야 합니다. "빈털터리로부터의 성공이 진정한 성공이다!" 내 주변에 무엇이든 남아 있다면 그것은 행운입니다. 누군가가 "성공한 사람의 과거는 비참할수록 아름답다!"고 했습니다.

아홉째, 책을 읽어야 합니다. 실패담보다는 성공사례를 많이 읽어야 합니다. 책 속에 길이 있습니다.

열째, 성공한 모습을 보고 행동해야 합니다. 사람은 누구나 자기가 되고 싶은 모습이 있고 또 자기도 모르는 사이에 그렇게 변해 갑니다. 간절히 기도하는 마음을 품고 바라면 그대로 이루어집니다. 이것은 단순히 기적이 아니라 능력입니다.

人生 3막

나의 인생을 굳이 3막으로 나누라면 인생 1막은 짧았던 유년과 학창시절, 인생 2막은 42년 1개월의 공직시절 인생, 3막은 퇴직 후 지금 노후 생활로 나누고 싶다. 3막 3년 차를 맞아 그동안 벌써 얻은 교훈도 꽤 많다. 인생 2막을 마무리하면서 철저히 내려앉고, 모든 것을 비우고, 과거를 뒤돌아보지 않고, 따라서 과거에 상처받지 않기로 굳은 각오를 하고 3막을 시작하였다.

인생 3막에서 가장 중요한 행복 포인트는 "과거사 청산"이다. 과거에 대한 추억과 자만심 같은 "과거독소"를 뽑아내야 3막 인생을 창조할 수 있다. 과거청산이 덜 되면 이 사람도 섭섭하고 저 사람도 괘씸하게 생각하며 많은 상처를 받을 수 있다.

예전에 음으로 양으로 돌보아주었다고 생각하여 가깝던 직원이 예전 기대 같지 않고 부탁전화를 하였는데 대하는 것이 신통하지 않으면 점점 소심해지고 원망지수가 높아지게 마련이다. '내가 얼마나 도와주었는데 이렇게 대우해?'라는 생각에서 나오는 섭섭함 등 사람은 항상 누구나 항상 자기중심적이다. 나는 누구누구를 평생 챙겨주어 그가 성공했다고 생각하지만 그 사람은 자기가 성공하는 데에 다른 누구보다 자기 자신이 혁혁하게 큰 공을 했다고 생각을 할 수도 있다. 평생 몸 바쳐 뼈 빠지게 일한 직장으로 생각하지만 오히려 평생 월급을 받고 가족생활을 할 수 있게 해준 직장에 감사할 줄 아는 여유가 중요하다. 전국시대의 귀족 맹상군에게 신하 풍원은 이렇게 말했다고 한다.

"선생께서는 시장에 가 보시지 않으셨습니까? 날이 밝을 때는 어떻게든 비집고 들어가려던 사람들이 저녁때가 되면 뒤도 안 보고 빠져나옵니다. 사람들이 아침시장을 편애하고 저녁시장을 미워해서가 아니라 자기에게 필요한 물건이 다 팔리고 없기 때문입니다. 그러니 화내지 마십시오."

또한 인생 3막에서는 비교하는 마음을 버려야 한다. 젊어서 올려다보는 마음은 동기 부여가 되고 자극이 될 수 있지만 나이 들어서는 비애감과 상실감으로 이어지기 마련이다. 나보다 못난 이가 잘된 이도 가끔 있지만 나보다 잘 안 풀린 이도 많다. 고개를 들어 위를 보기보다 고개 숙여 아래를 보는 것이 편한 마음을 만드는 기본이며, 자신의 존재를 있는 그대로 받아들이지 못하면 불행해진

다. 진달래는 진달래답게 피면 되고, 민들레는 민들레답게 피어야 한다. 남과 비교하며 똑같아지려고 하면 불행이 시작된다.

　퇴직 만 2년이 지난 지금 다시 3막 관문 인생을 뒤돌아보면 새롭게 이웃에 봉사하고 섬기며 가족 건강을 위하여 나름대로 정말 바쁘고 충실히 살았다. 2막 인생 공직 근무시절보다 더 바쁘게 계획성 없이 살아온 2년이다. 그래도 좌절 없이 진정한 나의 내면과 꿈의 방향을 만들어 결실의 시간을 만들어 보자고 노력한 3막의 시작이었다고….

　인생 3막에서는 흐르는 물처럼 한곳에 고이지 않고 갇히지도 않으며, 막히지도, 팍팍하지도 않게 날마다 즐거움을 당겨, 곤란 속에서도 행복을 찾아보자. 사람은 행복하기로 마음먹은 만큼 행복해질 수 있다.

파리 인생

아내 병원 입원치료 10일 차를 맞는 새벽 불현듯 이런 생각에 잠시 펜을 잡는다. 내 의사와는 관계없이 간병 생활로 갇혀 사는 보호자 생활을 보내면서도 늘 근심을 하는 딸의 생각을 하면서 나의 생활방식을 바꾸어야 할 때가 된 듯하여 이른 새벽 나의 자세를 다듬는다.

50년 전 초중고 시절 꿀벌과 같이 열심히 일하면서 배우고, 길가의 질경이처럼 사람들에게 밟히고 또 밟혀도 싹과 꽃을 틔우는 근성을 가지라고 하시던 교장선생님의 훈화 말씀이 지금 바로 귓전을 때리는 듯 들린다. 농경산업이 근간 산업이던 그 시절에는 그렇게 살아야 성공하고 발전할 수 있었으며 또 그렇게 해서 우리나라가 이만큼 발전되었다. 그러나 그 시대와는 전혀 다른 글로벌 산업이 눈부시게 발전한 정보화 사회 속에서는 꿀벌이 아닌 파리 같은 사람이 요구되기도 한다.

꿀벌을 병에 넣으면 옆으로만 탈출구를 찾으며 부딪치다가 잠시 후 바닥에 떨어져 죽고 만다. 그러나 파리를 병에 넣어보면 몇 번 옆으로 날다가 벽에 부딪치면 곧바로 방향을 바꾸어 윗구멍으로 날아 탈출하는 기지를 볼 수 있다.

그리고 꿀벌은 맑은 공기와 환경이 좋은 장소에 공동으로 집을 짓고 여왕벌, 수벌, 일벌이 공동체를 형성하여 공동이 아니면 생활할 수 없을 뿐 아니라 겨울 양식이 없으면 그 통 속에서 죽고 말지만, 파리는 환경이 좋은 곳이나 더러운 곳 어디든 어미가 알을 낳아 놓으면 그곳에서 구더기로 태어나 파리가 된다. 그렇게 홀로 나름대로 열심히 살다가 가을이 되어 기온이 내려가면 구더기는 구더기 상태로, 파리는 좁은 틈에 몸을 감추고 겨울을 나고 다음 해 봄 기온이 올라가면 다시 활동을 하는 등 환경과 조건에 크게 구애 받지 않고 생활을 잘한다.

60~80년대의 경제개발 초기에는 앞만 보고 부지런히 일하는 것이 우리나라 경제를 세계 10위권에 올려놓았다. 하지만 이제는 글로벌 경제시대를 맞아 세계 속에서 파리같이 위기를 기회로 만들 수 있어야 하며 위기 탈출도 잘하고 어떠한 환경에서도 적응을 잘하여 혼자서는 물론 공동체로도 생활할 수 있는 위기 관리능력이 필요하다고 볼 수 있다. 그렇게 벌과 같았던 우리의 인생에도 파리 인생이 필요하지 않을까?

행복 만당

순간순간 고맙다, 감사하다, 신난다, 재밌다, 즐겁다, 아~ 좋다. 이런 말을 입에 달고 살면 나도 모르게 행복해지고 감사한 일만 생긴다. 따라서 운명이 만들어지고 바뀐다.

요즘 만나는 사람마다 살림살이가 어렵고 살기가 힘들다고들 한다. 생활이 근본적으로 어려워졌다기보다는 나보다 잘사는 사람과 비교하며 상대적 빈곤을 느끼는 데서 그 원인을 찾을 수 있다. 즉 우리나라가 최근 50년 짧은 기간 동안 세계에서 보기 드물게 놀라운 압축적 경제성장으로 선진국 문턱에 진입하면서 선진국형 저성장으로 생활이 예전같이 여유롭지는 못한 면도 있지만 경제성장의 속도감이 떨어지다 보니 너도 나도 불안한 것도 한 원인이다. 한 예를 들자면 이웃과 어른에게 드리는 인사말이 그 시대를 상징한다.

건강상태가 나쁘고 의료시설이 거의 없던 1950~1960년경에는 90도 공손히 머리 숙여 "과세 안녕하셨습니까?" 또는 "밤새 안녕하셨습니까?"라고 인사드렸다. 또 초근목피로 보릿고개를 넘던 60~70년대까지는 "진지 잡수셨습니까?"가 인사일 정도로 밥을 제대로 먹고 살기가 어려웠던 시절도 있었다.

"잘살아 보세" 구호 아래 새마을 사업이 시작되고 중화학 공업 등 산업화가 시작되면서 의식주가 해결되어 먹고살기가 편해지니까 "복 많이 받으세요.", "안녕하세요."로 복잡해진 삶 안에서 안녕과 돈복, 자식복, 사람복 등을 많이 받아 행복하게 살기를 바라는 인사를 하며 살았다.

최근 IT열풍으로 카톡 등 문자 메시지로 인사를 많이 하게 되었다. 이러한 변화 속에서 인사말도 "감사합니다.", "고맙습니다." "좋은 하루 되세요.", "행복 만당", "건강하세요" 등 상대방의 행복을 바라는 감사와 사랑, 배려를 통해 자신이 행복해지려고 노력하는 인사로 바뀌고 있다.

행복은 찾아오는 것이 아니다. 지금 하는 일을 고맙게 생각하고 남과 너무 비교도 하지 말고 움켜쥐기보다 나눌 수 있는 자신에 감사하는 마음이 습관화될 때 행복은 바로 내 안에서 꽃향기처럼 은은하게 우러나올 것이다. 행복하다는 것은 꿈을 꿀 수 있다는 여유가 생긴다는 것이다. 행복도 습관이다.

마음의 밭을 가꾸며

　파란 하늘 수놓는 흰 구름, 솔바람 뿜어내는 청록색 산, 졸졸 노래 부르며 계곡을 흘러내리는 맑은 물, 더위 식히며 마음 밭 가꾸라고 골짜기에서 불어주는 향기로운 바람, 싱싱한 숲 속 나뭇가지 사이에서 더위 식히며 예쁜 새들이 노래하는 청록원에 몸을 묻고 오늘도 사랑하는 아내와 함께 마음의 밭을 가꾼다. 정성들여 심고 가꾼 오이, 호박, 가지 등 새로운 농장 식구들이 하루가 다르게 무럭무럭 자라며 마음과 일손을 바쁘게 만든다. 어리게만 보이던 자두나무에 어느새 파란 열매가 햇볕을 받아 탐스럽게 크고 있으며 복숭아나무에는 털복숭아가 꽤 자랐다.

　지금은 중년인 아이들이 초등학교 시절 꾸었던 전원농장의 꿈이 30여 년이 지난 요즈음 조금씩 이루어지니 농장을 가꾸고 계곡을 손질하는 것이 즐겁고 기쁘고 힘이 절로 솟는다. 밭에서 자라는 농작물을 잘 가꾸는 것도 중요하지만 무엇보다 우리 가족 마음 밭에 기쁨, 사랑, 이해, 즐거움, 희망과 긍정적 씨앗을 뿌리고 무럭무럭 키워 나간다. 아이들이 평화로운 마음으로 이 세상에서 봉사하는 삶을 살기를 희망하며 오늘도 청록원에서 마음 밭을 가꾼다.

먼 곳을 바라보며 꾸어왔던 꿈을 작은 것부터 하나씩 이루어가며 진행형 꿈으로 키워왔다. 꿈은 완료형이 없다. 꿈은 언제나 진행형이다. 그래서 꿈은 아름답다. 그동안 꿈을 꾸며 하나씩 진행형으로 일군 청록원을 만들기까지의 세월을 돌이켜 보게 된다.

세상에서 가장 길면서도 짧은 것. 가장 빠르면서 가장 느린 것. 가장 많이 나눌 수 있으면서도 가장 길게 늘일 수 있는 것이 바로 시간이다. 시간은 양적인 길이이지만 여기에 의미를 통해 깊이를 더할 때 시간은 언제나 현재가 된다. 그렇기에 시간을 끊임없이 무한의 의미로 창조해 나가는 사람에게 시간은 소중한 가치를 내어 준다. 바로 이것이 행복이다. 8년이라는 긴 세월 동안 나의 열정을 다한 결과 이제는 가족이 모여 마음 밭을 가꾸고 있으니 그동안의 노력이 더욱 값지고 보람차게 생각된다.

살아가면서 언제나 내 마음의 평화가 중요하다. 우리가 살아가는 과정에서 생기는 고통의 원인을 외부에 돌리지만 사실 그것도 우리 마음에 달렸다. 자연의 섭리에 순응하는 긍정적 마음이 어려운 환경에 처한 요즘의 나를 살아가게 하고 있다.

아이들이 마음 밭을 갈고 가꾸며 안전 먹거리를 즐길 수 있으니 청록원을 우리 가족 주말 쉼터로 발전시킬 필요가 있다. 아내 간호에 최선을 다하며 청록원을 쉬기 좋은 휴게소로 만들어 아이들이 즐겁게 놀게 할 것이다. 우리 가족을 위하여 묵묵히 일하는 촌부로 아이들 기억에 남고 싶다. 아내 건강 유지에 필요한 안전한 먹을거리를 생산하는 즐거움 또한 꿈을 이루어가는 행복이다.

삶을 살아가면서 희망과 꿈도 중요하지만 최근 더욱 중요하다고 생각되는 것은 마음의 평화이다. 나의 마음 밭에 평화의 씨앗을 뿌리자.

只今, 여기

"지금, 여기."

내가 가장 좋아하고 갖고 싶어 하는 "순간"이요 욕망이다. "지금", "여기"가 없으면 미래도 없다. 순간이 없으면 영원도 없다. 지금 있는 이 자리가 최선의 자리이다. 비록 아내 간병에 묶여 가고 싶은 곳도, 하고 싶은 일도 내 꿈대로 이룰 수 없는 "지금", "여기"이지만 그래도 이만한 지금과 여기가 있기에 즐겁고 행복하게 하루하루를 잘 보내고 있다.

곰곰이 생각해보면 지금 이 순간은 다시없는 축복의 시간이기도 하다. 그래서 33도를 넘나드는 폭염 한나절에 예초 작업을 하며 등줄기와 가슴골을 땀으로 적시고 콧부리와 턱 끝에서 발치까지 뜨거운 땀방울을 떨어뜨리면서도 나만의 축복 시간이라고 자축하며 순간을 즐기고 있다.

　생각건대 내 인생의 조건과 환경이 지금 여기 이 순간보다 더 좋을 수는 없을 것 같다. 오늘 "지금", "여기"가 힘들고 어렵더라도 감사하게 받아들이고 이 토대 위에서 항상 새롭게 시작하여 다시 꿈을 이어가자.

　내가 꿈을 꾸지 않는 한 꿈은 절대 시작되지 않는다. 내가 무언가 되기be 위해서는 반드시 지금 여기에서 무언가를 해야do 된다. 자신의 꿈과 희망을 저버릴 때 늙는다. 세월은 얼굴에 주름살을 남기지만 일에 흥미를 잃을 때는 영혼이 늙는다. 탐구하는 노력을 쉬게 되면 인생이 늙는다. 그래서 새벽 5시 30분에 잠에서 깨어나 거의 쉼 없는 하루를 꽉 차게 뛰며 일하고 생각하며 꿈을 꾼다. 멈추지 않는 꿈, 나의 꿈은 조금씩 이루어진다. 깨어 있는 생생한 나의 꿈은 반드시 현실로 나타날 것이다. "지금" 이 순간, "여기"에서부터 말이다.

아이들이 웃으면
세상이 행복합니다

    사람은 누구나 가슴에 향기를 품고 태어납니다. 잘난 사람은 잘난 대로 못난 사람은 못난 대로 향기가 있습니다. 사람 향기는 향수처럼 만들어진 냄새가 아니고 살아온 대로, 보고 배운 대로 저절로 몸 안에서 나오며 그 향내는 숨길 수 없습니다. 그렇다면 멀리 있으면 늘 보고 싶은 진정한 향기를 마음속 가득히 간직한 자녀로 키우기 위해선 무엇이 필요할까요?

    부모의 향기가 그대로 전달될 수 있도록 머리가 아닌 몸으로 가르치는 교육이 필요합니다. "몸으로 가르치니 따르고 말로 가르치니 반항한다."라는 말과 같이 아이들은 몸으로 받아들이지 머리로 받아들이지 않습니다.

    사고력이 좋은 아이들은 어떤 성장 배경을 가지고 있을까요? 아이들 뒷바라지를 열심히 한다고 해서 잘하는 것만은 아닙니다. 부부가 사랑하면서 가정을 잘 이끌어 가는 것이 바로 아이들에게 잘해주는 것입니다.

3~4대가 한 가정에서 살고 있는 대가족에서 자란 아이들이 핵가족에서 자란 아이들보다 사고력이 뛰어나다고 합니다. 실제 1960년대 대가족제도하에서 친척이 어울려 함께 어렵게 살던 시대에 자란 아이들이 우리나라 경제 고도성장을 일구어 냈습니다.

때로는 아이들을 일정 수준 힘들게 만들어 어려움을 이겨내고 인내심을 갖게 만들어 주는 것도 바람직한 방법입니다. 실패와 고통을 겪어야 생각을 많이 하게 되며 어려움을 겪어야 생각이 성숙해집니다. 고민하게 만들어 생각을 키워주고 아이들이 어려움 속에서도 풍부한 경험을 얻도록 하여야 합니다. 고통은 사람이 지혜를 배울 수 있는 좋은 기회이기도 합니다.

생활이 배움의 터전입니다. 어려서 자질구레한 경험을 많이 갖게 하고 작은 생활경험을 체험하게 해야 합니다. 예를 들면 방청소, 장난감 정리, 취미생활 같은 다양한 일들을 직접 경험하게 하는 것도 매우 중요한 방법입니다.

다음은 부모와 자녀가 함께하는 시간을 많이 가져야 합니다. 요즈음은 핵가족에다 부부 맞벌이로 놀이방, 유치원 종일반이 성업을 이루면서 아이들과 함께하는 시간이 적어지고 있습니다. 부모와 직접 부딪치며 생활하는 시간과 공간을 마련해 주어야 합니다. 가족이 한데 어울려 대화하는 가정을 만들어 자연발생적으로 대화하며 문제점을 해결할 수 있도록 하여 사고력을 극대화하여야 합니다. 학교를 다니는 중요한 이유도 나와 네가 세상을 함께 살기 위해서입니다.

"훌륭한 부모를 둔 자녀들은 훌륭해질 수 있습니다."

이것은 유아교육의 명언입니다. 신사임당 같은 훌륭한 어머니가 이율곡 같은 대학자를 만들어냈습니다. 부모의 높은 향학열이 지능지수나 지식을 높인다고 볼 수도 있으나 그보다 더 중요한 것은 아이들의 성격 형성에 있다고 봅니다. 부모의 행동 하나하나가 아이들의 성격을 형성하고 있습니다. 아이들에게 근심걱정이 많은 표정을 보이면 아이도 어느새 근심걱정이 많은 표정이 되어버립니다. 부모의 표정뿐만 아니라 말투나 행동 등 모두를 본받게 됩니다.

"아이들 보는 앞에서는 냉수도 못 마신다."라는 격언과 같이 어느 엄마는 물을 마시다가 아이가 물을 달라고 하자 물 컵을 가져다주면서 이렇게 말했다고 합니다. "목이 마르지도 않은데 엄마가 물을 마시니까 따라 마시고 싶은 마음이 생긴 것이지?"라고, 이처럼 아이는 물 한 모금 마시는 것도 엄마를 따라 하게 되므로 행동 하나하나를 소홀히 할 수가 없습니다.

국가의 미래를 책임질 수 있는 자녀들의 교육은 우리 부모들의 몫이라고 생각합니다. 그런 교육을 위해서는 다음과 같은 자세가 필요합니다.

첫째, 부모와 자녀의 관계를 원만히 형성하도록 노력하여야 합니다. 왜냐하면 친근한 사랑의 관계가 형성되어야 하기 때문입니다.

둘째, 비위협적이야 합니다. 어린 자녀는 아직 자아가 영글지 않아 부모가 위협적이면 배척감과 소외감이 심화됩니다.

셋째, 자녀의 실수, 실패에 관대하게 격려해야 합니다. 그렇게 할 때 심적인 상처를 최소화해 줄 수 있습니다.

넷째, 자녀 스스로 판단한 일은 존중해야 합니다. 비록 자녀가 결정한 사항이 마음에 들지 않더라도 "색다른 생각"이라고 먼저 칭찬을 해 주며 선택의 자유를 줄 때 자율성이 신장됩니다. 아이들은 칭찬을 먹고 자랍니다. 칭찬은 귀로 먹는 보약이며 칭찬은 가끔 기적을 이루어 냅니다.

다섯째, 긍정적 자화상 건설에 협조하여야 합니다. 인격적 공격과 비난을 삼가야 합니다.

여섯째, 아들, 딸 구별 없이 평등해야 합니다.

일곱째, 긍정적 정신을 심어 주어야 합니다. 자녀의 특성과 개성 존중, 포옹 등 부모의 신체적 접촉은 수용의식을 극대화합니다.

여덟째, 자녀와 함께 책을 읽습니다. 나의 경우 어린 아이들과 단칸방에서 통신대학 공부를 함께 하던 생각이 납니다.

아홉째, 자녀 앞에서 배우자와 선생님의 허점을 절대로 이야기하지 않습니다.

열째, 아무리 떼를 써도 불필요한 것은 절대로 사주지 않습니다.

열한째, 부모에게 자주 안부 전화를 합니다.

열두째, 자녀와 함께 집안일을 합니다.

열셋째, 식사 중에는 야단을 치지 않습니다.

열넷째, 자녀가 잠자리에 들 때 자녀를 위해 축복을 해 줍니다.

예전이나 지금이나 모든 부모들은 자식에게만큼은 더 풍요롭고 행복한 미래를 물려주고 싶은 것이 한결같은 마음입니다. 따라서 많은 부모들이 자녀 교육을 어떻게 시켜야 할지 고민하고 있습니다.

아이들에게 어떤 일을 하지 말라고 하는 순간 아이들 호기심은 줄어듭니다. 아이들에게 하지 말라는 말보다 참으라고 말해야 합니다. 인내하는 사람이 성공을 합니다. 옛 말에 참을 인 자 세 개면 못 이룰 게 없다고 했습니다.

아이들이 학습에 대한 강한 동기를 갖도록 이끌어 줌으로써 스스로 지속해서 공부하게끔 유도하고 공부를 하여야 하는 목표를 심어주고 공부에 대한 자신감과 책임감을 갖도록 해주어야 합니다. 아이들이 지금은 공부밖에 모르는 바보처럼 보일지라도 열심히 공부할 때 사회에 나가 자신의 능력을 마음껏 펼칠 기회가 있음을 알려주어야 합니다.

아이들이 웃으면 세상이 웃습니다.

아이들의 표정에 모든 답이 있습니다.

아이들이 웃으면 가정이 웃고 학교가 웃고 세상이 웃습니다.

아이들과 함께 많이 웃는 것이 가장 좋은 교육입니다.

아이들이 웃으면 세상이 행복합니다.

좋다, 그래도

　막걸리 두 잔에 뿅 가네. 한 병도 다 못 마셨는데 기분이 참 좋아지네. 해넘이 때까지 청록원 자연에서 일하고 40km 거리의 집까지 고속도로를 신나게 달려 아내와 함께 씻고 코 줄로 저녁을 먹이며 두부김치에 막걸리 두 잔 마시니 목마름도 풀리고 피로도 다소 가시며 참 좋다, 한낮 땡볕에 힘들어도.

　어제 저녁엔 늦게까지 서울 딸 집에서 오랜만에 딸과 이 이야기 저 이야기 하다가 자정이 가까운 시간에 집에 도착하였다. 짧은 밤잠 동안 기저귀 두 번 갈고 아내 몸 뒤집어 주느라 잠을 설쳤더니 조금은 피곤한 상태로 기상했다. 샤워하고 겨울 이불 빨래하고 아침식사에 설거지 끝내니 9시 30분이나 되었다.

　딸이 키우던 화분을 두 개 주어 마당 화단 돌을 다시 쌓아 넓히고 정성스레 화분을 심고 홍천 시골 친구 칠순잔치에 혼자서 부지

런히 다녀와 점심을 주니 오후 3시가 거의 다 되었다. 농장에 가서 빨강 노랑 분홍색 백합과 난쟁이 달맞이꽃을 심어 입구에 화단을 하나 새로 만들었다. 딸이 양재동에서 샀다는 레드로메인과 가지 고추를 하우스 안에 심고 오후 6시 해질 무렵 농장을 떠나 고속도로를 달려와 기분 전환도 할 겸 피로도 풀 겸 막걸리를 조금 마시니 기분이 참 좋아진다.

  오늘 하루도 새벽에 설계하였던 대로
  아침엔 환하게
  낮엔 활기차게
  저녁엔 편하게

  맞춤형 하루를 잘 마무리하고 또 내일을 맞을 준비를 하는 한순간의 즐거운 생각이 행복을 가득 채운 삶을 만들고 있다.

여행이
인생을 바꾼다

변하면 살고 변하지 못하면 죽는다. 새롭지 못하면 살아남지 못한다. 즉 不進不生이다. 이는 빠른 속도로 변화하는 국내는 물론 IT산업 발달로 지식 정보화 사회가 되면서 세계를 상대로 경쟁심을 키우는 말이 되었다. 우리는 변하기 싫어도 변하고 있으며 변하지 않으면 영원한 것도 없다. 오늘과 내일이 같은 듯 느껴지나 몸 속의 세포가 하나 늘어나거나 죽거나 계속 변화는 일어나고 있는 게 사실이다.

"만물은 변한다."

한 인생은 본인이 오랫동안 상상했던 그대로를 살게 마련이다. 자신에게 얼마만큼의 능력이 있다고 생각하고 행동한다면 그만큼

능력을 가진 사람이 될 것이며 좋은 일이 생길 것이라는 믿음이 자기 앞에 놓인 장애를 무너뜨릴 수 있으며 그 장애물을 디딤돌 삼아 다시 일어서게도 한다. 열심히 일하고 공부하고 아니면 벤치마킹하고 아픔을 다해 사랑하고 혹은 먼지처럼 날려 보내는 이 순간 이 시간이 내 안에 차곡차곡 나이테처럼 쌓여간다. 현재의 내 모습이 미래의 모습을 형성하는 밑그림이라는 사실을 언제나 되새김질하면서 열심히 살아야 한다. 아무리 어려운 환경에서도 희망과 용기와 기쁨을 가지고 행동하면 위기 속에서 기회를 찾을 수 있다.

위기와 기회는 동시에 있다고 한다. 10년 뒤 20년 뒤 내 인생을 그려 보아야 한다. 그리고 하나씩 실천한다면 10년 뒤 그 모습으로 이루어질 것이다.

"없는 것을 있는 것처럼 상상하고 행동해야 한다."

그러나 열심히 일하는 것도 중요하지만 휴식도 필요하다. 기계도 오랫동안 잘 쓰기 위해서는 적당히 사용한 후 때맞춰 기름 치고, 조이고, 닦아 주어야 한다. 평생을 쉼표 없이 살다 보니 어느새 환갑을 바라보는 나이가 되었으며 공직 40년을 넘기며 소리 없이 흘러간 과거가 길었던 것 같은데 눈 깜박할 사이로 느껴지기도 한다.

크게 이루어 놓은 것은 없지만 뒤와 옆을 볼 겨를도 없이 열심히 달려온 젊은 시절! 그동안의 삶을 뒤돌아보고 다시 한번 현재 위치를 생각도 해보며 짧은 기간이지만 두 달 동안 아이들과 미국 여행을 하면서 동심으로 돌아가 여러 국립공원도 둘러보고 선진문화를 볼 기회를 가졌다. 그 과정에서 그저 보고 즐기는 것보다 짧은 역사 속에서 큰 변화를 이룩한 미국사회의 근본을 들여다보고 느낀 점을 기록함으로써 나 자신을 조금 더 변화시킬 수 있는 기회를 만들 수 있지 않을까 생각하면서 여행 기간 동안 보고 듣고 느꼈던 것을 글로 적어 본다.

작은 나라에서 평생을 살다가 큰 대륙 미국을 접하고 보니 넓은 땅덩어리와 풍부한 자원에 감탄하지 않을 수 없으며 풍부함에서 오는 여유와 기본과 원칙을 중요시하는 국민성이 발전의 동력이 되었음을 짐작할 수 있다. 더불어 우리와 먼 나라 미국 여러 곳을 보면서 선진국의 생활상도 볼 수 있었으나 이제는 세계에 내놓을 수 있는 우리 국력을 실감할 수 있었던 것이다. 이에 40년 동안 열심히 봉직한 내가 국력 신장에 보탬이 되었는지를 뒤돌아보게 한다.

국토는 작지만 그동안 빨리 빨리 문화와 어머니 치맛바람이 우리 성장에 큰 도움이 되었구나 하는 생각도 해보면서 세계적인 인재 육성이 우리의 살길임을 알 수 있었으며 우리 가족이 세계인재 대열에 오를 수 있도록 조금 더 노력하여야겠다는 각오를 하게 되었으며 그렇게 될 것으로 믿는다.

꿈과 비전이 없으면 희망도 없으며 꿈 너머 꿈이 중요하다. 즉 꿈을 이룬 후 꿈을 더 승화 발전시켜야 비로소 성공할 수 있다. 어느 유명한 학자에게 성공을 축하한다고 하니까 박사가 가정에 10명은 되어야지 한두 명 가지고 되느냐며 그래도 3대에 걸쳐 박사가 나와야 성공했다고 하는 게 아니냐고 반문하였다고 한다.

타고난 천재보다 키워진 리더를 원하는 세상이다. 여행을 통하여 많은 것을 보고 느끼며 아이들이 세계적인 큰 인재로 성장하기를 기도해 본다. 기회는 준비하는 자에게 오며 준비하지 않으면 행운도 비켜간다. 즉 人才가 아닌 人財가 되기 위한 준비가 있어야한다.

노력하면 어떤 식으로든 꿈은 이루어진다. 모든 것은 자기 의지에 달려 있다. 직장이면 직장, 가정이면 가정, 그 장소를 기쁨이 솟아나는 곳으로 만들어 "기분 좋은 인생"으로 만들어야 한다. 일상의 모든 것 접어두고 "마음먹었으면 당장 떠나라."

여행이 인생을 바꾼다.

사랑해요
처음 그때처럼

이른 새벽 휠체어로 화장실을 가거나 젖은 옷을 갈아입히며 시작되는 하루! 계속되는 힘든 일로 몸은 피곤하고 무겁지만 그날그날 계획한 일을 비지땀 흘리며 야금야금 쉬지 않고 한 가지씩 이루어가는 폭염 속 성취감은 곧 기쁨이고 행복이 된다.

요즈음 7월 한 달은 당신을 위한 날이 대부분이었지. 다른 사람들 모두는 "안 돼"라고 하며 말리는데 나는 혼자 "돼", "될 거야"라고 다짐하며 하나하나씩 이루어 갈 때 우리의 삶은 변하며 진화했지. 생각했던 것이 현실로 눈앞에 나타날 때 처음 그때 초심을 떠올리며 더 열심히 일하며 당신 생각을 하지.

우리 부부가 젊은 시절에 꿈꾸며 상상했던 가족 휴식처 청록원! 청록원 마루에 앉으면 자연이 그대로 나에게 훤fun하게 다가온다.

시원한 바람 맞으려 미닫이문을 열면 계곡을 흐르는 맑은 시냇물 소리가 먼저 문틈으로 들어온다.

아내와 함께 상상하며 꿈꾸었던 가족 쉼터 가꾸기에 열정을 다한다. 살인적인 폭염에 너무 덥고 힘들 때면 시원한 계곡물에 텀벙 들어 앉아 온몸을 식히기도 한다. 가슴까지 계곡 물에 몸을 담그고 식히며 잠시 감상하는 자연은 정말로 아름답고 피로감은 어느새 사라진다.

유난히 길었던 장마 때 소나기 한 줄기 지나가고 난 후 열린 맑고 파란 하늘, 산속에서 시원하게 불어오는 산들바람, 바람에 스치는 숲 속 나무들의 속삭임, 새들의 지저귀는 노래 소리, 돌 사이 돌아 떨어지는 작은 폭포의 맑은 물소리, 자연은 정말로 신비롭고 아름답다.

노력과 열정만이 꿈을 이룰 수 있다. 고통 없는 결과는 없다

no pain no gain.

가족이 편히 쉴 수 있는 공간을 상상하며 자연 속에서 열심히 일하다 보면 나 혼자의 조그만 힘이지만 긍정의 열정이 무한 에너지로 전환되고 하루하루 일하며 생각하였던 것이 하나씩 이루어질 때 절망이 희망으로 바뀌는 힐링 효과를 얻는 때가 많다.

清綠園 꿈

　　겨울을 재촉하는 늦가을비가 후드득 후드득 비닐하우스를 때린다. 청록원 벽난로에 서둘러 불을 지피고 따뜻한 온기로 아내의 얼굴이 벌겋게 달아오르도록 온열 테라피를 한다. 어느새 황토방 한가득 훈훈한 온기가 가득하다. 창 너머로 보이던 맑고 푸른 하늘, 폭염에 간혹 불어주던 시원한 바람, 파란 가을 하늘에 흰 구름은 가을비에 밀려가고 정원에서는 가을이 떠날 준비를 끝내고 곧 떠나려나 보다.

　　얼마 전까지 고운 잎으로 물들었던 아름다운 단풍 옷을 벗어 던진 가을 나무들이 이른 봄 따뜻한 햇살이 겨울잠을 깨울 때까지 긴 겨울잠에 들어간다. 칼바람 추운 겨울에도 나무는 항상 싱싱한 새싹을 틔우는 봄을 준비한다. 추위가 오기 전에 서둘러 가을걷이와 밭 정리를 끝내고 밭갈이까지 끝내니 한 해 농사가 마무리되었다.

지난 이른 봄 땅이 채 녹기도 전에 도랑에 콘크리트 관을 묻는 작업을 시작하여 진입로를 넓히고, 산에서 가져온 황토색 새 흙으로 객토하여 토양을 바꿔 아내 치유식의 품질을 높이고, 마당을 넓혀 주차 공간을 확보하고, 정원을 새로 만들어 조경수와 꽃나무를 심어 청록원의 구조를 확 바꾸었다.

올해는 아이들이 주말에 즐겨 놀며 꽃과 나비의 어울리는 모습, 개구리와 도롱뇽이 올챙이 때는 같아 보이지만 다르게 자라는 과정 등 동식물과 곤충을 관찰하고 많은 종류의 작물을 심어 체험의 폭을 넓히고 이해의 깊이를 더할 수 있도록 관찰 체험형 전원농장을 함께 만들어 보았다.

집과 먼 거리에 있는 농장을 아내 돌보며 운영한다는 것이 녹록하지는 않았고 이른 봄부터 길 내고, 흙 넣고, 비닐하우스 짓고, 수많은 종류의 작물을 심고 가꾸는 등 많은 시간 동안 힘든 작업을 일 년 내내 낙천적 마음으로 즐기면서 휴식 삼아 일할 수 있었던 것은 전원농장을 꿈꾸었던 사랑하는 아내가 옆에서 응원하고 주말에 천진난만한 아이들의 재잘대며 노는 모습이 있었기에 가능하였다

되돌아보면 정말 많은 날 힘든 작업을 할 수 있었다는 것이 기적이 아닌가 생각된다. 청록원 만들기에 미쳤던 한 해였다. 청록원의 진짜 매력은 인근에서 찾아볼 수 없는 맑은 계곡과 수려한 경관이다. 아기자기한 계곡에 머무는 것만으로 자연치유력이 증가되며 잘 가꾸어진 농장의 황토색 새 흙에서 싱싱하게 자라는 농작물을 가꾸며 흘리는 땀이 곧 팜 테라피farm therapy이며 즐거움을 선사하

는 휴식이다.

움직이지 못하는 아내의 치유를 청록원 운영의 중심에 두고 잠시 잠시 돌보고 일하고 돌보고 일하며 휠체어에 태운 아내를 곁에 두고 한 달간 계곡에 휠체어 길을 만들었고 정원에다 관상수 14종류 125주와 꽃 8종류를 심었다. 또한 특용작물 11가지, 농작물 23가지를 가꾸며 보고 즐기고 체험하며 일 년 내내 싱싱한 채소와 간식용 농산물로 가족을 즐겁게 하고 아내의 치유식으로 사용할 수 있었다는 것이 큰 성과이다. 특히 가을에는 배추, 갓, 무를 심어 김장을 집에서 오랜만에 담았더니 넉넉하고 풍요롭다.

우리의 행복과 불행은 우리의 마음에 달려 있다. 행복이란 어떤 무엇을 성취할 때 얻어지는 것이 아니라 지금 나의 삶 안에서 발견해야 한다. 기적은 멀리 있는 것이 아니다. 바로 나 자신이 기적이다. 어떻게 생각하는가에 따라 인생의 방향이 달라지듯 오늘의 생각이 내일을 바꾼다.

청록원을 생각하였던 그대로 확 바꾸어 놓으니 아름다운 자연 속에서 가족이 함께 쉬며 체험할 수 있는 휴식형 전원농장이 되었다. 20년 전 아내와 함께 꿈꾸었던 가족의 모임 터 전원농장을 아내가 느낄 수 있는 끝자락에서 새로운 변화로 마무리하였다는 것에 감사한다. 특히 대부분을 내가 스스로 할 수 있었기에 가능하였으며 힘이 정말 많이 들 때도 있었지만 항상 즐거울 수 있었다. 사랑과 믿음, 긍정적 사고가 없었다면 엄청난 작업량을 혼자만의 힘으로 도저히 할 수 없었을 뿐 아니라 지금의 아름다운 청록원을 만들 수도 없었을 것이다. 영도를 오르내리는 추운 초겨울 날씨에 벽난로 안에서 탁탁 소리 내며 활활 타는 통나무의 불볕을 쪼이며 한가롭게 휴식할 수 있다는 것 자체가 축복이다. 이런 휴식장소를 마련하지 못하였다면 집에서 매일 방콕하며 지루한 나날을 보내고 있지 않을까 생각한다.

아내가 워낙 농장을 좋아하고 주말에 함께 즐기는 가족이 있었기에 힘을 얻어 오늘같이 추운 날씨에도 티셔츠 등에 땀이 촉촉이 배도록 열심히 또 일 년을 다시 시작할 수 있다. 비닐하우스에 퇴비로 쓸 낙엽을 큰 포대에 담아 등에 지고 비탈을 오르내리니 손을 호호 불던 추위는 금세 어디로 가고 이마에서 흐른 땀이 눈썹에 방울방울 매달린다.

노력하지 않으면 문 밖의 행운도 비켜간다. 준비하는 사람만이 성공할 수 있으며 행복을 느낄 수 있다. 청록원 한 해를 결산하며 반성해 본다. 나에게 힘을 준 아내와 가족에 우선 감사하고, 그리고 나 자신에 감사하며 나를 더 사랑하자고. 건강하게 아내를 돌볼 수 있었다는 것에 정말 감사한다.

청록원을 아름답게 꾸미고 가꾼 것도 중요하지만 아내와 함께 계곡과 농장에서 계절에 맞는 맞춤형 힐링을 하며 주말이면 밝은 햇볕, 시원한 바람, 맑은 공기 마음껏 마시며 가족이 함께 화목하게 휴식을 할 수 있었다는 것이 더 큰 보람이며 행복이다.

가족이 힘이다. 산에 깊이 들어갈수록 산 냄새가 깊어지듯 사랑이 깊어지면 부부의 냄새도 냄새가 아닌 향기로 바뀐다. 청마 말띠 해 2014년에는 청록원을 시작할 때 처음 그때 그 모습처럼 활짝 밝은 미소 짓던 아내의 진한 향기를 되찾는 데 최대한 노력하고 맑은 물 졸졸 흐르는 시원한 계곡에서 김 모락모락 나는 따끈따끈한 찐 옥수수 나누어 먹으며 신나게 물놀이하는 해맑은 아이들과 가족이 편히 쉴 수 있는 아름다운 청록원을 만드는 것이 나의 간절한 꿈이다. 사랑할수록 더욱 사랑스러운 사람이 될 수 있으며 행복한 삶은 긍정과 여유로부터 시작된다. 힘들고 어려워도 밝고 즐거운 마음으로 한 해를 준비하자.

아내 건강할 때
진작 좀 잘할 걸

아내와 함께 동고동락하며 살아 온 기간이 39년 지나 40년이 다 돼가네요.

아내는 소녀같이 예뻤지요. 작은 키에 살 빛깔은 흰 편이며 눈은 동그랗게 크고 쌍꺼풀이 예쁘게 졌지요. 칼칼한 성격에 깜찍하고 조금은 예리한 편으로 매사에 열정적인 소녀였지요. "배운 것이 많지 않다면서 아이들은 잘 가르쳐야지."라고 하며 부모님들이 다른 아이들처럼 학교에 보내주었으면 법관이 하고 싶었다고 했습니다.

영월 단칸방에서 냄비 하나로 연탄불에 식사를 해결하며 아이들을 열심히 키웠지요. 아이들에 대한 열정과 기대감은 정말 대단하였으며 남들과는 달랐지요. 형제자매들도 아이들한테 너무 공들인다고 했는데 아이들 키워 놓고는 부모님에게도 참 잘하는 효부로 동네에서 칭송이 자자했습니다.

40이 넘어 큰 수술을 몇 군데 하면서 X RAY 때문인지 신경이 날카로워지더니 우울증 등 정신적 질환이 생겨 힘들게 장기간 치료를 하던 중 진행형 핵상안면 마비라는 파킨슨 증후군으로 몇 년째 정말 고생을 많이 하고 있지요.

평소에 나름대로 신경 쓰면서 살려고 노력했는데 그래도 종갓집 며느리로 사는 것이 스트레스가 많았나 봅니다. 요즈음 병간호를 하다 보니 허리 손가락 등 아픈 곳이 이곳저곳 나오면서 나도 고생이 시작되는데 그래도 나만 바라보고 사는 아내에게 잘해 주어야 겠다고 매일 다짐을 합니다. 대부분 사람들이 죽어가면서 "좀 더 잘해줄걸.", "좀 더 베풀걸" "좀 더 참을걸"이라 한다고 하잖아요. 뭔가 해줄 수 있는 건강이 있고 형편이 될 때 짜증 내지 말고, 미루지 말고, 사랑하고, 이해하고, 도와주어야겠습니다.

지금이 가장 중요한 시간이네요.
설령 아파도 좋으니 내 곁에 있어 주기를…
모자라도 좋으니 나를 채워 주기를…
굳은 몸이지만 따뜻한 손으로 어루만져 주기를…
오늘도 당신이 내 곁에 있어 주어 행복합니다.
아프지 않았을 때 좀 더 잘해 줄 것을…
여보!! 사랑합니다. 건강하게 삽시다.

꿈이 있는 한
은퇴는 없다

　먼 산 뻐꾸기 소리와 함께 산비탈 내려오는 상큼한 봄바람에 살랑살랑 춤추는 돌배나무 고운 어린잎이 속살이 들여다보일 정도로 청순하고 해맑다. 겨우내 썰렁하던 가족쉼터 빈 공간을 연초록의 이파리와 빨갛고 노란 꽃들이 아름다운 무대 만들어 찬란히 빛나는 햇빛으로 조명 밝히며 바람소리, 계곡 물소리, 새 소리 화음 이루어 연주 시작하니 순백의 아름다움으로 활짝 웃는 꽃이 내어주는 진한 꿀 냄새에 취한 벌이 윙~윙 노래하며 하양 노랑 새 옷 입고 파란하늘 날아다니는 나비 불러 신명나는 춤판을 벌인다. 돌배나무 연두색 이파리 사이사이 돌아 나오는 향기로운 바람이 쉬고 있는 아내에게 "빨리 정신 차려 건강해야지"라고 귓속말해주며 활짝 웃는 꽃잎 어루만지며 사라진다.

희망은 희망을 갖는 사람에게만 존재한다. 희망은 오늘을 살아갈 수 있는 힘이며 내일에 대한 꿈이다. 아이들 뒷바라지도 힘들던 젊음의 30대 시절에 먼 훗날 잘 성장한 아이들과 함께 편히 쉬며 꿈도 키울 수 있는 혼魂창創통通합合의 전원형 쉼터를 상상하며 박봉을 쪼개어 저축을 열심히 하였다.

산 좋고 물 맑은 계곡에 샘 퐁퐁 솟아오르는 무릉도원을 찾아 아내와 함께 "언젠가는 될 것이다."라는 믿음으로 인근의 좋다는 곳은 모두 다녀보았으나 마음에 드는 곳은 돈이 모자라고 눈높이에 딱 맞는 곳을 찾는다는 것이 그리 쉬운 일이 아니었다. 10년 넘게 다니던 어느 날 깊은 산속에서도 보기 드물게 풍광 좋은 1급수 계곡에 붙어있는 논을 소개받았으나 경운기가 수렁에 빠져 논갈이도 어려운 고논으로 접근도 어려운 맹지여서 사겠다는 사람이 없고 서울 사람이 샀다가 되물린 땅인데 농사도 못 짓는 땅을 무엇에 쓰려고 하느냐며 동네 할아버지가 매입을 만류하기도 하였다.

하지만 오늘의 생각이 내일을 바꿀 수 있으며 기회가 오면 즉시 꿈을 행동으로 실천할 수 있도록 준비하는 사람이 성공에 이를 수 있다. 쓸모없는 고논이지만 샘통을 가슴 깊이로 파서 멀리 냇가까지 도랑을 판 후 구멍 뚫린 플라스틱 관을 묻어 지하수를 빼내고 높은 곳을 파서 낮은 곳에다 메웠다. 여러 배미 다랑논을 평평한 땅으로 만들고 계곡을 손질하면 청정계곡과 잘 어울리는 꿈꾸던 가족쉼터를 만들 수 있을 것 같은 느낌이 들어 매입하고 진입로에 토관 묻어 길 만들고 샘물 빼내고 평평하게 경지정리를 하여 옥수수, 콩, 고구마를 심으니 동네 분들이 놀랄 정도의 아주 훌륭한 농장이 되었다.

풀과 꽃향내 맡으며 계곡 맑은 물소리가 들리는 곳에서 통 바람으로 땀을 식힐 수 있도록 앞 세 면은 모두 유리창을 달고 뒤쪽에다 진흙과 통나무를 섞어 황토방을 만들고 그 가운데에다 벽난로를 달아 고구마와 고기를 구워 먹으며 온열 테라피를 하며 쉴 수 있는 아주 작은 농막을 혼자서 2년 동안 지었으며 여러 가지 꽃나무와 관상수를 심어 손질하니 이제는 아이들이 뛰놀며 자기들만의 작은 농장을 만들겠다며 즐기는 체험형 전원농장이 되었다.

쉬러 온 가족들이 따뜻한 벽난로 앞에서 책을 읽기도 하고 아이들이 어울려 재잘거리는 소리가 아름다운 계곡에 울려 퍼질 때면 불볕더위에 옷이 땀으로 젖었다 말랐다를 몇 번씩 하고 땀방울이 눈에 들어가 눈을 뜨지 못하고 고생하던 중노동이 헛되지 않았다는 생각을 한다. 몇 년 전 난치성질환 1급 장애우가 된 아내 사랑하는 마음 하나로 아내 병이 치유되는 기적을 상상하며 아내가 조금이라도 느낌이 있을 때 즐겁게 해주기 위하여 어렵고 힘든 작업을 열정을 다해 포기하지 않고 혼자 할 수 있었다는 것이 믿기지 않는 기적이다.

기적은 멀리 있는 것이 아니다. 바로 나 자신이 기적이다. 꿈을 꾼다는 것은 삶의 목적을 찾는 것이고 그 꿈에 도전한다는 것은 그 목적을 향해 가겠다는 나 자신의 큰 희망이기 때문에 그동안 어려운 환경 속에서도 포기하지 않고 처음 상상했던 꿈속의 전원쉼터를 만들기 위하여 장애우 아내를 자전거로 만든 자가제 휠체어에 앉혀놓고 돌보며 해가 저무는 줄도 모르고 어렵고 힘든 작업도 즐거운 마음으로 하다 보면 아프거나 우울한 틈도 없이 바쁘게 지나가는 시간에 쫓겨 한 해가 가고 또 한 해가 간다.

아픈 사람은 공기만 바꾸어도, 장소와 물만 바꾸어도 몸이 좋아지고 달라진다는 기적을 믿으며 밝고, 맑고, 향기로운 공기와 시원한 비… 졸졸 소리 내어 돌 틈 돌아 강으로 힘차게 달려가는 청정계곡에 몸 담그고 아내와 함께 휴식할 수 있다는 것 그 자체가 축복이고 행복이다.

우리의 꿈은 현재 진행형으로 곧 "變卽生, 不變 卽死"이다. 변하지 않으면 자연의 동식물도 도태되고 사람도 변하지 않으면 성공할 수 없다. 흐르는 물도 고이면 썩는다. 40년이 넘는 공직을 마무리한 후에도 아이들과 함께 농사도 짓고 놀아주며 노동을 통하여 휴식할 수 있고 아름다운 자연 속에서 온 가족이 함께 명상하며 힐링하는 즐거운 인생 3막 노후를 지낼 수 있다는 것 자체가 행복이다.

1그램의 행동이 만 톤의 생각보다 낫다. 상상하며 꾸어온 꿈은 긍정적 생각과 사랑스런 마음으로 열정을 다해 계속 행동으로 실천할 때 반드시 이루어진다. 꿈이 있는 한 은퇴는 없다.

엄마
인정해요

따르릉 따르릉 전화 벨 소리

미국에서 온 민영이(딸)의 반가운 전화.

나 오늘 엄마 인정하는 날이에요.

글쎄 시애틀에 유학 온 엄마가 놀러 와서는

약사가 무엇을 했느냐고 묻기에

놀면서 아이들 키웠다고 하니까

약사가 왜 돈 안 벌고 놀았느냐고 이해가 안 된다고 하기에

울 엄마가 돈은 나중에 벌고 아이들이나 잘 키우라고 해서

돈을 벌지 못하였었다고 하니까

정말 엄마 대단한 분이시네?

나도 서울에서 괜찮은 대학을 나와

돈을 벌려고 해보니 할 수 있는 것은

노래방 도우미밖에 없더라고 하면서

엄마 무엇 하시느냐고 묻기에

집에서 살림하신다고 했지요.

음~~~ 그래요??????

요즈음 아이들 많이 하는 윤 선생 영어 이야기가 나와서

나도 윤 선생 영어 했어요 하니까

방문 담당 선생님을 했었느냐?고 하기에

나 윤 선생 영어 했다니까요.

아 네, 윤 선생 영어 학원을 했다고요?

아니 나 윤 선생 영어 했다고요.

깜짝 놀라며 정말 윤 선생 영어 공부를 해 봤어요?

놀란 표정을 지으며 묻는다.

우리 엄마가 나 중학교 때 윤 선생 시켜주셨어요.

와~~~ 엄마 대단하시네요.

우리는 서울에서도 윤 선생 영어 엄두도 못 냈는데…

우리는 엄마가 대단한 분이라는데 공감하며

늦게 울 엄마 인정했어요.

엄마!! 정말 오늘 늦게 엄마 인정해 미안해요.

엄마를 미국에서 인정해주어서…

내 딸 민영아 고맙다.

하루 내내 기분 좋았는지 퇴근하는 얼굴에다 대고

딸 전화 왔더라고 싱글 벙글이다.

야 정말이지 너희 두 남매 윤 선생 영어 과외할 때

춘천에 몇 명 안 되고 손꼽을 정도였어.

진도가 늦게 나가야 한 달에 한 과목씩 부담이 덜한데

어느 달엔가 세 과목씩 둘 다 진도가 나가니까

과목이 바뀔 때마다 수강료를 내야 하는데

어떤 때는 제대로 배우는지? 돈만 들어가는 것은 아닌지?

의심도 했으며 호영이가 몇 년 전에 친구에게 빌려준

마무리 회화 과정 때에는 너와 호영이 따로 수강료가 수십만 원

이었는데

아빠 월급이 수강료도 모자랐던 적이 있었단다.

지금 네가 미국에서 잘 지내는 것도

그때 윤 선생 영어 시작이 남과 달랐기 때문이다.

시작이 다르면 결과가 다르단다.

성공하려면 남과 다르게 하여야 한다.

엄마가 너희들에게 정말로 남다른 열정으로 투자를 한 것이다.

재테크보다 人테크를 먼저 남달리 한 투자가

오늘 너로 하여금 엄마를 인정하게 했구나.

늦지만 참 기분 좋은 날이다.

마음을 열면 세상이 열린다. 남들은 성공했다고 하지만 아직도 우리 가족을 더 키워야 한다. 너희들 네 사람 모두 더 열심히 살아야 하며 아이들 잘 키워 글로벌 인재로 키워야 성공한 집안이 된다.

아이들에게 공부하는 방법을 알려 주는 것보다 더 중요한 것이

꿈을 키워주는 것이다. 아이들이 무엇을 하고 싶은지 알게 하는 것이다. 미국에 있을 때 세계를 보고 배우고 느끼게 하여 비전을 키우고 세상을 품을 수 있는 폭 넓은 인재로 경린이, 서현이를 키워야 한다. 20년, 30년 후 비전을 이룰 수 있도록 지금부터 준비하고 노력하여야 한다. 경린이 미운 일곱 살이야, 더 믿음 주고 포용하여야 한다.

잔소리와 권유를 통한 자녀 교육으로는 성공하는 인생으로 만들기 어렵다. 공부에 대한 내적 동기와 흥미를 북돋아줄 수 있는 비판적 사고, 자기표현 능력을 길러 주어야 한다. 아이들 흔들리지 않고, 잘 놀며, 매사에 정진할 수 있도록 칭찬해주고, 믿음을 주고, 격려로 자신감을 키워 주는 것도 잊으면 안 된다. 아빠가 모두 책임지고 잘하는 시대는 지나갔으며 예전에도 훌륭한 사람 뒤에는 훌륭한 어머니가 있었지 않느냐. "가정의 CEO인 엄마가 바뀌면 자식이 바뀌고 자식이 바뀌면 가정의 미래가 바뀐다."고 한다.

엄마를 늦게나마 태평양 건너 미국에서 인정해 주어 정말 고맙다. 세상을 끌어안을 수 있는 긍정적인 생각과 넓고 깊은 가슴을 가진 글로벌 인재로 성장하기를 기대한다. 세상은 아는 만큼 살 수 있으며 "不進 不生", 즉 앞으로 나가지 못하면 살지 못한다. 엄마를 인정할 정도의 눈높이를 가졌으니 너도 아이들에게 인정받는 엄마가 될 것이다.

멋지게 키워주셔서
고맙습니다

"엄마 멋지게 키워주셔서 고맙습니다. 열심히 살겠습니다. 서연이도 예쁘게 키우겠습니다."

2007. 1. 5일 아들 생일날 엄마가 보낸 축하 메시지에 호영이가 보낸 답글 내용이다.

"엄마 많이 바쁘지? 엄마 손녀가 보고 싶지도 않아? 아들 보러 오는 거야 안 오는 거야?"

아들이 엄마에게 메시지와 전화로 엔돌핀을 날려 보내왔다.

"내가 어떻게 키운 새끼인데, 정말 멋져. 오랜만에 아들! 멋진 새끼인데?"

싱글벙글 얼굴이 환하게 웃는다. 아들 장가보내 살림 내 주면서
가끔 섭섭해하던 아내가 늦게 퇴근하는 나에게 낭랑한 목소리로
"호영이 전화 왔어요. 내일 모레 토요일에 서연이 보러 갑시다. 서
연이 보고 싶죠?"(그럼 가야지.) 요즈음은 아들 자랑이 뜸하더니 낮에
는 나에게 전화로 호영이 전화 왔다면서 싱글벙글, 퇴근 후 잠자리
에서까지 통화 내용을 주고받으면서 "음 내가 어떻게 키운 새끼인
데 새끼는 잘 키웠지, 여보.", "그럼 당신 정말 고생 많았지." 반듯
하게 살자고 평생을 기도하면서 열정을 쏟아 부었는데….

오늘 조간 BOOK코너에서 "여자는 약하지만 어머니는 강하다."
라는 내용을 읽었다. 정말 우리나라 어머니 강하다. 서연이 낳으
면서 생각 없는 아들과 며느리의 말 몇 마디가 생각에 못 미친다고
열흘 정도 전화도 안 하고 버티더니 아들과 며느리가 뒤를 돌아볼
수 있고 엄마를 생각할 수 있는 기회를 만들었다. 현명한 가르침의
방법이며 아들에게 주변을 다시 돌아보게 하는 새해 아침이다. 그
래 멋지게 살자. 너의 생각이 멋지다고 하였으니 멋진 삶이 될 것
이다.

풍수지탄(風樹之嘆)

까치 까치 설날은 어저께고요.

우리 우리 설날은 오늘이래요.

가족 여행에서 돌아온 아이들과 가족 만찬 자리

까치 까치 설날은 왜 어저께고 우리 설은 오늘일까? 한마디

설 전날 고향 부모님 찾은 자식 반가워 까치가 먼저 깍깍

이 나무 저 나무 날아다니며 깍깍 짖어대니 어제가 까치 설날

예비 숙명여고생 왈 야 이거 수능 논술에 나올 만하네.

이거 어디서 아셨어요? 벌써 수능 준비야! 한바탕 웃음바다

할아버지 할머니 모시고 가족 여행 잘 다녀왔지? 물으니

그런데 많이 힘들어하셨어요.

다음에는 할머니 구경하시기 쉬운 곳으로
전동 스쿠터 쉐어링 해서 가야겠어요.

그래 옛말에 철들어 마음 다잡고 효도하려 하니
부모님은 기다려주시지 않고 떠나셔서 한탄만 나온다 했다.
늦지 않게 여행도 시켜드리고 즐겁게 해 드려야 된다.
기쁘고 즐거운 설 만들어 가족이 화기애애해야지 덕담 한마디

덕담을 듣고 있던 예비고등학생인 손녀 그게 風樹之嘆이야요 하니
옆에서 듣고 있던 중1 손자가 그것은 晚時之歎 같은데 한다.
깜짝 놀란 엄마 아빠 처음 들어보는 풍수지탄에 놀라
폰으로 즉석 검색결과 풍수지탄 정답에 박수
만시지탄도 맞는 답이야 열심히 공부한 결과가 빛을 발한다.

學而時習之 不亦說乎 라고 했는데
누가 설명할 수 있을까? 말이 끝나기도 전에
손녀가 배우고 때에 맞추어 몸에 익히니 즐겁지 아니한가?라며
공자의 논어 첫 구절에 나오는 고사성어라고 설명을 한다.

식탁에서 밥 먹을 때도 청록농원 걸어 다니며 책 읽는 습관의 결
과물이다.
늘 공부가 제일 즐겁다는 손녀의 환한 얼굴에 자신감이 가득하다.
올해는 너희들 작은 소망과 계획이 성취되는 한 해가 되기 바란다.

설날 만찬자리 덕담 한마디로 온 가족이 즐기며 환한 얼굴로 싱글벙글

풍수지탄 처음 들어보는 고사성어로 효도에 대한 설날 덕담 한마디

그런데 나는 효도하려 해보니 효도 받을 부모님이 정말 안 계시는구나?

하긴 내 나이 어느새 70이 되었으니 허허

졸업식

오늘 서울 광남중학교 외손녀 졸업식에서 학생의 패기에 찬 모습과 부모님, 가족, 선생님의 사랑과 열정에서 새 희망을 보았습니다. 배움이란 나에게 없던 것을 있게 하고 나에게 조금 있던 것을 더 많아지게 하는 것을 말합니다.

學而時習之 不亦說乎?
배우고 때 맞춰 몸에 익히면 즐겁지 아니한가?

공자의 논어 첫 문장입니다.
오늘 광남중학교 교장 선생님 졸업식 말씀 내용과 방법도 세월 따라 진화하고 있는 것을 보면서 變卽生 不變卽死, 革者生存이란 가슴 속 좌우명이 스쳐 지나가는 순간이었습니다. 반세기 50년이 지난 지금 내 마음에 고스란히 남아 있는 "일벌처럼 부지런한 사람이 되고 길가에서 잘 자라는 질경이처럼 밟히고 또 밟혀도 다시 일어서는 굳센 기상으로 이 세상을 헤쳐 나가라"라고 당부하시던 옛 교장선생님 말씀이 아직도 귀에 생생하며 실제 나는 이 말씀대로 열심히 최선 다해 70 평생 여기까지 앞만 보고 달려왔습니다.

오늘 교장선생님 훈화 내용도 좋았지만 방법 또한 많이 특별했습니다. 교장선생님께서 직접 프레젠테이션으로 강당 한쪽 큰 스크린에 "no pain no gain"을 머리글자로 크게 써놓으시고 "고통 없는 결과는 없다."라고 말씀하셨습니다.

모든 일이 고통 후 결과물이 따라오듯 공부도 마찬가지로 지독하고 고독한 배움의 고통을 겪고 난 후에야 결과를 얻을 수 있습니다. '계란이 고통을 겪고 자신이 깨고 나오면 병아리가 되고 남에게 깨어지면 계란 프라이가 된다.'며 계란이 각각 예쁜 병아리와 계란 프라이로 변하는 과정을 설명하셨습니다. 또한 "행운이란 의지와 끈기의 또 다른 이름"이라며 "1만 시간의 성공 법칙"과 함께 다음 3가지의 문장을 크게 쓰셨습니다.

"어떤 고난에서도 포기하지 말자."
"끊임없이 도전하여 집중 노력하자."
"끝까지 해 내는 근성과 습관을 가지자."

그리고 고등학교와 대학교에서 열심히 공부한 후 2025년이 되는 10년 후 오늘 모두 다시 만나자며 "선택 2025"를 크게 써놓으시고 3년 동안 함께했던 정겨운 친구들에게는 "고맙다" 선생님에게는 "감사합니다." 부모님께는 "♥합니다"라고 졸업생과 부모님들이 함께 크게 외치며 큰 박수로 새 출발을 축복하는 졸업식이었습니다. 졸업식은 새 출발선에 선 학생들을 격려하고 충고하는 졸업생의 마지막 수업입니다. 그런 의미에서 교장선생님 수업 내용과 열정이 돋보이고 끝과 시작이 빛나는 바람직한 졸업식이었습니다.

2005년 스탠퍼드대 졸업식에서 스티븐 잡스가 한 축사 "늘 갈망하라, 늘 우직하라stay hungry, stay foolish."를 떠올리며 교장선생님 프레젠테이션 내용을 기억하려고 노력하는 할아버지 마음처럼 너희들도 열정과 몰입으로 도전하여 절대 포기하지 말고 늘 갈망하며 우직하게 행운을 잡기 바랍니다.

믿음이 기적을 불러옵니다. 기적은 멀리 있는 것이 아니라 바로 내가 기적입니다. 잘 될 거야요. "知之者 不如好之者 好之者 不如樂之者", 즉 아는 자는 좋아하는 자만 못하고 좋아하는 자는 즐기는 자만 못합니다. 머리 좋은 사람이 열심히 하는 사람을 못 이기고 열심히 하는 사람은 즐겁게 하는 사람을 못 이깁니다. 누군가는 즐기고 누군가는 힘겨워합니다. 공부도 마찬가지입니다. 즐기는 자를 당할 재간은 없습니다.

공부밖에 할 줄 모르는 바보가 되기 바랍니다. 지금은 바보처럼 보일지라도 열심히 공부하여 사회에 나가 갈고 닦은 능력을 마음껏 펼칠 수 있는 행복한 미래를 미리 준비하기 바랍니다. 가족과 졸업식 축하 오찬 후 인터넷에서 어제 배정받았다는 숙명여자고등학교를 인터넷으로 자세히 살펴보고 좋아하는 긍정적인 모습에서 앞으로 잘 되겠다는 생각이 들었습니다. 인생이 생각을 따라가니까요. 그렇게 생각하다 보면 정말 그렇게 됩니다.

졸업식을 끝낸 몇 시간 후 잠시 휴식하더니 가방 메고 고등학교 준비한다고 독서실 가는 짧은 동행길 위 손녀 손 꼭 잡고 새 출발점에서 나눈 짧은 대화가 이 세상에서 가장 아름다운 대화로 기억되었으면 하는 바람입니다. 자신이 원하는 것을 간절히 원한다면 반드시 원하는 바를 성취할 수 있는 믿음의 "피그말리온 효과"를 가슴 속 깊이 담고 새 출발하여 큰 성과 있었으면 좋겠습니다.

매서운 겨울바람 속 봄을 기다리는 식물의 지혜같이 역경을 극복하는 사랑과 긍정의 에너지가 샘솟기를 기원합니다!

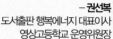

– **권선복**
도서출판 행복에너지 대표이사
영상고등학교 운영위원장

생명은 근본적으로 숭고하고 아름다우며, 그중에서도 인생의 존귀함과 소중함은 말로 다 표현할 수 없을 것입니다. 하지만 그 앞길에 반드시 행복과 기쁨만이 존재하는 건 아니라는 냉엄한 사실 역시 우리가 인간으로 태어난 이상 반드시 지고 가야 할 숙명일 것입니다.

그런 의미에서 이 책 『행복한 삶을 만드는 사랑과 긍정에너지』는 우리가 예측할 수 없는 인생의 사건, 특히 좌절과 절망으로 우리의 삶에 검은 먹구름을 드리우는 사건들을 어떻게 대면하고 극복해 나가야 하는지를 보여주고 있습니다.

저자는 43년간 공무원으로 봉직하는 동안 경제적 어려움을 포함하여 여러 힘든 상황을 겪었으나, 오랜 세월 함께해 온 아내와 가족에 대한 사랑으로 극복하며 퇴직했습니다. 하지만 사랑하는 아내가 희귀 난치성 뇌질환 판정을 받게 되면서 오랫동안 구상해 온 퇴직 후의 꿈을 모두 접고 아내와 가족을 위해 희생하며 봉사하는 삶을 살았습니다. 하지만 노력에도 불구하고 13년의 투병 끝에 아내를 하늘나라로 보내는 슬픔과도 맞닥뜨려야 했습니다.

　이 책은 이러한 저자의 지극히 일상적이면서도 치열한 봉사와 극복으로 가득한 삶, 아내에 대한 추억과 그리움 등을 그대로 담아내고 있습니다. 뇌질환으로 몸을 움직이기는커녕 눈조차 뜨지 못하는 아내를 간병인 한 명 없이 직접 간병해 내면서도 불만이나 괴로움보다는 사랑과 즐거움을 찾아내는 모습, 아내와 같이 꿈꾸었던 '자연 속 쉼터'를 만들기 위해 버려진 진흙 밭을 꽃과 과일이 가득한 청록원靑綠園으로 창조하는 모습은 그야말로 끝없는 가족에 대한 사랑과 긍정 없이는 도저히 할 수 없는 일이라고 봐도 무방할 것입니다.

　사랑과 긍정보다는 미움과 좌절이 많은 사람들을 움직이는 지금의 시대, 이 책을 통해 그 어떤 고난도 극복해 내는 찬란한 사랑과 긍정에너지가 팡팡팡 샘솟기를 기원드립니다.